rororo

Kurt Tucholsky, seines Zeichens Journalist, Satiriker, Essayist, Literatur- und Theaterkritiker, Erzähler, Lyriker, Chanson- und unermüdlicher Briefeschreiber, zählt zu den meistgelesenen Autoren der Weimarer Republik. Zu seiner Zeit war der Ankläger von Machtmißbrauch und Militarismus heftig umstritten, heute wird Tucholsky jedoch geschätzt und verehrt.

Kurt Tucholsky

Wo kommen die Löcher im Käse her?

Glossen
und Grotesken

Rowohlt Taschenbuch Verlag

Veröffentlicht im Rowohlt
Taschenbuch Verlag, September 2006

Zusammenstellung H. G. Heepe
Umschlaggestaltung any.way, Wiebke Jakobs
(Illustration: Teddy Garbs)
Aufführungsrechte Rowohlt Theater Verlag,
Reinbek bei Hamburg
Satz Pinkuin Satz und Datentechnik, Berlin
Druck und Bindung Druckerei C. H. Beck, Nördlingen
Printed in Germany
ISBN 13: 978 3 499 33237 1
ISBN 10: 3 499 33237 X

Inhalt

Vorn die Ostsee und hinten die Leipziger Straße

Herr Wendriner

Das Lottchen

Familienbande

Wo kommen die Löcher im Käse her –?

Das Werk zwingt schon durch die Gelehrsamkeit, die in ihm verkocht erscheint, Bewunderung ab, besonders einem Leser wie mir, dessen Bildung an Emmentaler Käse erinnert, indem sie wie dieser größtenteils aus Lücken besteht.
Alfred Polgar

Wenn abends wirklich einmal Gesellschaft ist, bekommen die Kinder vorher zu essen. Kinder brauchen nicht alles zu hören, was Erwachsene sprechen, und es schickt sich auch nicht, und billiger ist es auch. Es gibt belegte Brote; Mama nascht ein bißchen mit, Papa ist noch nicht da.

«Mama, Sonja hat gesagt, sie kann schon rauchen – sie kann doch noch gar nicht rauchen!» – «Du sollst bei Tisch nicht reden.» – «Mama, guck mal die Löcher in dem Käse!» – Zwei Kinderstimmen, gleichzeitig: «Tobby ist aber dumm! Im Käse sind doch immer Löcher!» Eine weinerliche Jungenstimme: «*Na ja* – aber warum?

Mama! *Wo kommen die Löcher im Käse her?*» – «Du sollst bei Tisch nicht reden!» – «Ich möcht aber doch wissen, wo die Löcher im Käse herkommen!» – Pause. Mama: «Die Löcher ... also ein Käse hat immer Löcher, da haben die Mädchen ganz recht! ... ein Käse hat eben immer Löcher.» – «Mama! Aber dieser Käse hat doch keine Löcher! Warum hat der keine Löcher? Warum hat der Löcher?» – «Jetzt schweig und iß. Ich hab dir schon hundertmal gesagt, du sollst bei Tisch nicht reden! Iß!» – «Bwww –! Ich möcht aber wissen, wo die Löcher im Käse ... aua, schubs doch nicht immer ...!» Geschrei. Eintritt Papa.

«Was ist denn hier los? Gun Ahmt!» – «Ach, der Junge ist wieder ungezogen!» – «Ich bin gah nich ungezogen! Ich will nur wissen, wo die Löcher im Käse herkommen. Der Käse da hat Löcher, und der hat keine –!» Papa: «Na, deswegen brauchst du doch nicht so zu brüllen! Mama wird dir das erklären!» – Mama: «Jetzt gib du dem Jungen noch recht! Bei Tisch hat er zu essen und nicht zu reden!» – Papa: «Wenn ein Kind was fragt, kann man ihm das schließlich erklären! Finde ich.» – Mama: «Toujours en présence des enfants! Wenn ich es für richtig finde, ihm das zu erklären, werde ich ihm das schon erklären. Nu iß!» – «Papa, wo doch aber die Löcher im Käse herkommen, möcht ich doch aber wissen!» – Papa: «Also, die Löcher im Käse, das ist bei der Fabrikation; Käse macht man aus Butter und aus Milch, da wird er gegoren, und da wird er feucht; in der Schweiz machen sie das sehr schön – wenn du groß bist, darfst du auch mal mit in die Schweiz, da sind so hohe Berge, da liegt ewiger Schnee darauf – das ist schön was?» – «Ja. Aber Papa, wo kommen denn die Löcher im Käse her?» – «Ich habs dir doch eben erklärt: die kommen, wenn man ihn herstellt, wenn man ihn macht.» – «Ja, aber … wie kommen denn die da rein, die Löcher?» – «Junge, jetzt löcher mich nicht mit deinen Löchern und geh zu Bett! Marsch! Es ist spät!» – «Nein! Papa! Noch nicht! Erklär mir doch erst, wie die Löcher im Käse …» Bumm. Katzenkopf. Ungeheuerliches Gebrüll. Klingel.

Onkel Adolf. «Guten Abend! Guten Abend, Margot – 'n Ahmt – na, wie gehts? Was machen die Kinder? Tobby, was schreist du denn so?» – «Ich will wissen ...» – «Sei still ...!» – «Er will wissen ...» – «Also jetzt bring den Jungen ins Bett und laß mich mit den Dummheiten in Ruhe! Komm, Adolf, wir gehen solange ins Herrenzimmer; hier wird gedeckt!» – Onkel Adolf: «Gute Nacht! Gute Nacht! Alter Schreihals! Nu hör doch bloß mal ...! Was hat er denn?» – «Margot wird mit ihm nicht fertig – er will wissen, wo die Löcher im Käse herkommen, und sie hats ihm nicht erklärt.» – «Hast dus ihm denn erklärt?» – «Natürlich hab ichs ihm erklärt.» – «Danke, ich rauch jetzt nicht – sage mal, weißt du denn, wo die Löcher herkommen?» – «Na, das ist aber eine komische Frage! Natürlich weiß ich, wo die Löcher im Käse herkommen! Die entstehen bei der Fabrikation durch die Feuchtigkeit ... das ist doch ganz einfach!» – «Na, mein Lieber ... da hast du dem Jungen aber ein schönes Zeugs erklärt! Das ist doch überhaupt keine Erklärung!» – «Na, nimm mirs nicht übel – du bist aber komisch! Kannst du mir denn erklären, wo die Löcher im Käse herkommen?» – «Gott sei Dank kann ich das.» – «Also bitte.»

«Also, die Löcher im Käse entstehen durch

das sogenannte Kaseïn, was in dem Käse drin ist.» – «Das ist doch Quatsch.» – «Das ist kein Quatsch.» – «Das ist wohl Quatsch; denn mit dem Kaseïn hat das überhaupt nichts zu … gun Ahmt, Martha, gun Ahmt, Oskar … bitte, nehmt Platz. Wie gehts? … überhaupt nichts zu tun!»

«Was streitet ihr euch denn da rum?» – Papa: «Nu bitt ich doch um alles in der Welt; Oskar! du hast doch studiert und bist Rechtsanwalt: haben die Löcher im Käse irgend etwas mit Kaseïn zu tun?» – Oskar: «Nein. Die Käse im Löcher … ich wollte sagen: die Löcher im Käse rühren daher … also die kommen daher, daß sich der Käse durch die Wärme bei der Gärung zu schnell ausdehnt!» Hohngelächter der plötzlich verbündeten reisigen Helden Papa und Onkel Adolf. «Haha! Hahaha! Na, das ist eine ulkige Erklärung! Der Käse dehnt sich aus! Hast du das gehört? Haha …!»

Eintritt Onkel Siegismund, Tante Jenny, Dr. Guggenheimer und Direktor Flackeland. Großes «Guten Abend! Guten Abend! – … gehts? … unterhalten uns gerade … sogar riesig komisch … ausgerechnet Löcher im Käse! … es wird gleich gegessen ... also bitte, dann erkläre du –!»

Onkel Siegismund: «Also – die Löcher im Käse kommen daher, daß sich der Käse bei der Gärung vor Kälte zusammenzieht!» Anschwellendes Rhabarber, Rumor, dann großer Ausbruch mit voll besetztem Orchester: «Haha! Vor Kälte! Hast du schon mal kalten Käse gegessen? Gut, daß Sie keinen Käse machen, Herr Apolant! Vor Kälte! Hähä!» – Onkel Siegismund beleidigt ab in die Ecke.

Dr. Guggenheimer: «Bevor man diese Frage entscheiden kann, müssen Sie mir erst mal sagen, um welchen Käse es sich überhaupt handelt. Das kommt nämlich auf den Käse an!» Mama: «Um Emmentaler! Wir haben ihn gestern gekauft ... Martha, ich kauf jetzt immer bei Danzel, mit Mischewski bin ich nicht mehr so zufrieden, er hat uns neulich Rosinen nach oben geschickt, die waren ganz ...» Dr. Guggenheimer: «Also, wenn es Emmentaler war, dann ist die Sache ganz einfach. Emmentaler hat Löcher, weil er ein Hartkäse ist. Alle Hartkäse haben Löcher.»

Direktor Flackeland: «Meine Herren, da muß

wohl wieder mal ein Mann des praktischen Lebens kommen ... die Herren sind ja größtenteils Akademiker ...» (Niemand widerspricht.) «Also, die Löcher im Käse sind Zerfallsprodukte beim Gärungsprozeß. Ja. Der ... der Käse zerfällt, eben ... weil der Käse ...» Alle Daumen sind nach unten gerichtet, das Volk steht auf, der Sturm bricht los. «Pö! Das weiß ich auch! Mit chemischen Formeln ist die Sache nicht gemacht!» Eine hohe Stimme: «Habt ihr denn kein Lexikon –?»

Sturm auf die Bibliothek. Heyse, Schiller, Goethe, Bölsche, Thomas Mann, ein altes Poesiealbum – wo ist denn ... richtig!

GROBKALK BIS KERBTIERE

Kanzel, Kapital, Kapitalertragssteuer, Karbatsche, Kartätsche, Karwoche, *Käse* –! «Laß mich mal! Geh mal weg! Pardon! Also:

‹Die blasige Beschaffenheit mancher Käsesorten rührt her von einer Kohlensäureentwicklung aus dem Zucker der eingeschlossenen Molke.›» Alle, unisono: «Hast es. Was hab ich gesagt?» ... «‹eingeschlossenen Molke und ist ...› wo geht denn das weiter? Margot, hast du hier eine Seite aus dem Lexikon rausgeschnitten? Na, das ist doch unerhört – wer war hier am Bücherschrank? Sind die Kinder …? Warum schließt du denn den Bücherschrank nicht ab?» – «Warum schließt du den Bücherschrank nicht ab ist gut – hundertmal hab ich dir gesagt, schließ du ihn ab –» – «Nu laßt doch mal: also wie war das? Ihre Erklärung war falsch. Meine Erklärung war richtig.» – «Sie haben gesagt, der Käse kühlt sich ab!» – «*Sie* haben gesagt, der Käse kühlt sich ab – ich hab gesagt, daß sich der Käse erhitzt!» – «Na also, dann haben Sie doch nichts von der kohlensauren Zukkermolke gesagt, wie da drinsteht!» – «Was du gesagt hast, war überhaupt Blödsinn!» – «Was verstehst du von Käse? Du kannst ja nicht mal Bolles Ziegenkäse von einem alten Holländer unterscheiden!» – «Ich hab vielleicht mehr alten Holländer in meinem Leben gegessen wie du!» – «Spuck nicht, wenn du mit mir sprichst!» Nun reden alle mit einemmal.

Man hört:

– «Betrag dich gefälligst anständig, wenn du bei mir zu Gast bist …!» – «saurige Beschaffenheit der Muckerzolke …» – «mir überhaupt keine Vorschriften zu machen!» … «Bei Schweizer

Käse – ja! Bei Emmentaler Käse – nein! ...» – «Du bist hier nicht bei dir zu Hause! hier sind anständige Leute ...» – «Wo denn –?» – «Das nimmst du zurück! Das nimmst du sofort zurück! Ich lasse nicht in meinem Hause meine Gäste beleidigen – ich lasse in meinem Hause meine Gäste nicht beleidigen! Du gehst mir sofort aus dem Haus!» – «Ich bin froh, wenn ich raus bin – deinen Fraß brauche ich nicht!» – «Du betrittst mir nicht mehr meine Schwelle!» – «Meine Herren, aber das ist doch ...!» – «Sie halten überhaupt den Mund – Sie gehören nicht zur Familie! ...» – «Na, das *hab* ich noch nicht gefrühstückt!» – «Ich als Kaufmann ...!» – «Nu hören Sie doch mal zu: Wir hatten im Kriege einen Käse –» – «Das war keine Versöhnung! Es ist mir ganz egal, und wenn du platzt: Ihr habt uns betrogen, und wenn ich mal sterbe, betrittst du nicht mein Haus!» – «Erbschleicher!» – «Hast du das –!» – «Und ich sag es ganz laut, damit es alle hören: Erbschleicher! So! Und nu geh hin und verklag mich!» – «Lümmel! Ein ganz fauler Lümmel, kein Wunder bei dem Vater!» – «Und deine? Wer ist denn deine? Wo hast du denn deine Frau her?» – «Raus! Lümmel!» – «Wo ist mein Hut? In so einem Hause muß man ja auf seine Sachen aufpassen!» – «Das wird noch ein juristisches Nachspiel haben! Lümmel! …» – «Sie mir auch –!»

In der Türöffnung erscheint Emma, aus Gumbinnen, und spricht: «Jnädje Frau, es is anjerichtet –!»

4 Privatbeleidigungsklagen. 2 umgestoßene Testamente. 1 aufgelöster Soziusvertrag. 3 gekündigte Hypotheken. 3 Klagen um bewegliche Vermögensobjekte: ein gemeinsames Theaterabonnement, einen Schaukelstuhl, ein elektrisch heizbares Bidet. 1 Räumungsklage des Wirts.

Auf dem Schauplatz bleiben zurück ein trauriger Emmentaler und ein kleiner Junge, der die dicken Arme zum Himmel hebt und, den Kosmos anklagend, weithinhallend ruft:

«Mama! Wo kommen die Löcher im Käse her –?»

Familienbande

Die Familienbande … also wir wollen höflich sein.

Was hält die Familie zusammen –? Die gemeinsame Abstammung? Die Stimme des Blutes? Das allein kanns nicht sein.

Wenn Onkel Edgar, der schon als junger Mann nach Madagaskar gegangen ist, weil er sich zu viel auf den Rennplätzen herumgetrieben hat, wieder zurückkommt, dann verkriechen sich die Kinder und sagen zu Mama: «Da ist ein fremder Herr im Salon –!» und auch in den vier Wochen, wo er in der Familie lebt, wird das nichts Rechtes. Da fehlt irgend etwas …

Es fehlt die Gemeinsamkeit der kleinen Hauserlebnisse. Und die sind es, die die Familie zu einer kompakten Einheit zusammenschweißen, mit Verlaub zu sagen. Familienmitglieder sind alte Kriegskameraden.

Denn die Vertraulichkeit zwischen den Angehörigen desselben Familienstammes, eine Vertraulichkeit, die dem andern noch die Haut abschält, um zu sehen, was darunter ist, stammt daher, daß alle Beteiligten, Schulter an Schulter und Unterhose an Unterhose den Stürmen des Lebens getrotzt haben.

Der Familienkalender hat seine eigene Einteilung und mit dem gregorianischen wenig zu tun. Das war im Jahre 1921? Nein: «Das war damals, als Tante Frida deine Stehlampe umgeworfen hat!» Vor zwei Jahren –? Nein: «Du weißt doch, Erich kam mit seiner Zensur, und da hat sich Papa noch so aufgeregt …» So war das.

Krach eint.

Der Gasometer läuft. Erst tropft er, niemand merkts, dann tropft er stärker, immer noch merkts keiner; dann drippelt er ganz rasch, ein kleiner See steht im Korridor – und nun laufen sie alle zusammen. Der Gasometer ist gar kein Gasometer mehr, sondern Prüfstein der Charaktere, Riff, an dem sich die Wogen der Temperamente brechen, Stein der Weisen und Stein der Dummen; Anlaß, Exposition und das Ding an sich. – «Hundertmal hab ich schon gesagt, ihr sollt besser auf den Gasometer aufpassen!» – «Vorhin, gnä' Frau, wie er noch nicht gelaufen hat, da hat er noch nicht gelaufen – und da hab ich noch nachgesehen – –» – «Bring mal ein Wischtuch her – nein, das nicht – Gott, ist das ein Ochse! – den Scheuerlappen!» – «Mama, wo ist denn mein Schrankschlüssel?» – «Mama, es hat geklingelt!» – «Ich bin kein Ochse!» – «Widersprich nicht immer –!» – «Aua, Edith kneift mich!» – «Gnädige Frau, die Gasrechnung!» – «Der Gasmann soll mal herkommen –!» – «Mama, wo ist denn mein Schrankschlüssel?» – «Hier sehn Sie mal: der Gasometer läuft!» – «Ick bin bloß für die Rechnung – det er looft, det jeht mir jahnischt an!» – «Mama, wo ist denn mein Schrankschlüssel?» – «Emma, wenn Sie noch ein einziges Mal …» Krach eint.

Die Einigung wird umso stärker empfunden, je mehr sich die Mitglieder dieses Indianerstammes von einander zu entfernen wünschen. Das machen sie so:

«Papa, guck mal – unser neuer Teppich –!» Papa: «Na, da habt ihr euch ja schön bekauft –!»

(Ihr – er gehört nicht dazu.) «Arthur, Tante Rosa kommt heute abend zum Abendbrot – sei pünktlich!» – «Kinder, ihr müßt auch immer die ganze Verwandtschaft einladen. Das wird ja schön langweilig werden bei euch!» – Es ist der letzte schwache Versuch des Individuums, sich als solches zu behaupten – aber er mißlingt immer: denn der Mensch in der Familie ist gar kein Mensch, sondern nur Gruppenteil, Partikel einer Kollektivität und Glied in der Kette, die ihn sanft und unnachgiebig umschlingt. Und das eint.

Daher man denn nicht sagen sollte: Herr X. stammt aus der Familie der Henkeltopfs – sondern man sollte sagen: Er entstammt der Hausgemeinschaft Geisbergstraße 67, Maaßenstraße Nr. 11 und Haberlandstraße 5 – denn es sind nicht die Bande des Blutes, die einen – sondern die Bande des Krachs und der gemeinschaftlichen Erlebnisse.

Daher die grandiose Respektlosigkeit, die Familienmitglieder für einander haben. Kommt ein Fremder hinzu und bewundert die feingeschwungene Nase Gerties; den süßen Brustansatz Lieschens; das Pfeiftalent Fritzchens und den Witz Papas, dann gähnt die Familie und ist höchstens gelangweilt geschmeichelt. Eine Sensation ist das nicht mehr. Wegen des Geruchs im Korridor hat die feingeschwungene Nase Gerties zu oft sich selbst gerümpft; den süßen Brustansatz Lieschens haben sie bis da, Fritz pfeift und soll das nicht, und Papa macht immer dieselben Witze. Man ist kein Held in Unterhosen: vor seinem Kammerdiener nicht und vor der Familie schon gar nicht.

Man liebt sich auseinander, aber man zankt sich zusammen.

Und weil sich gleichnamige Pole abstoßen, so stoßen sich die Pole der Familie so lange ab, bis sie ganz rund geschliffen sind, auseinander können sie nicht, und sie kennen sich viel zu genau, um sich lieben zu können, obgleich jeder von sich behauptet, er sei ein unverstandenes Kind, und die in der Familie hätten auch nicht den Schimmer einer Ahnung, wer da unter ihnen weile – und wenn die Familie nicht wäre, so wäre jeder schon längst Napoleon und Ford und Josephine Baker in einem. Denn wer ist an allem schuld –? Die Familie.

Man kann sich fremde, große Männer und

Frauen nur sehr schwer in ihrer Familie vorstellen: für uns schweben sie ewiglich in einer Wolke des Ruhmes und der Gloriole ihrer Werke … In Wahrheit ist das aber ganz anders.

«Benito!» sagt Frau Mussolini zu Herrn Mussolini; «den Kragen kannst du nicht mehr umbinden – erstens ist er ausgefranst, und zweitens siehst du darin wirklich nicht gut aus. Ich habe mich neulich so über die Fotografie im ‹*New York Herald*› geärgert, ausgerechnet an dem Tag mußt du diesen alten Kragen tragen!» – «Mach mich nicht nervös», sagt der Diktator. «Das ist ein schöner Kragen – eine gute italienische Marke, und das englische Zeug mag ich nicht, das du mir da gekauft hast … Himmelherrgottdonnerwetter – jetzt ist das Knopfloch geplatzt –!» – «Beenchen …» – «Porco dio!» sagt Italien und wirft den Kragen wütend auf den Boden; «Madonna! Verfl – –»

Ein guter Familienvater braucht den Krach; es ist wie mit dem Druck der Atmosphäre: ohne den zerplatzte er.

Daher sich denn auch Junggesellen mit einer Geliebten zu umgeben pflegen, die ihnen tagtäglich denselben Zimt aufführt. Denn was eint die Familie –?

Blut ist dicker als Wasser; Krach ist dicker als Blut, und stärker als alle drei beide ist die Gewöhnung.

Ein Ehepaar erzählt einen Witz

«Herr Panter, wir haben gestern einen so reizenden Witz gehört, den *müssen* wir Ihnen … also den *muß* ich Ihnen erzählen. Mein Mann kannte ihn schon … aber er ist zu reizend. Also passen Sie auf.

Ein Mann, Walter, streu nicht den Tabak auf den Teppich, da! Streust ja den ganzen Tabak auf den Teppich, also ein Mann, nein, ein Wanderer verirrt sich im Gebirge. Also der geht im Gebirge und verirrt sich, in den Alpen. Was? In den Dolomiten, also nicht in den Alpen, ist ja ganz egal. Also er geht da durch die Nacht, und da sieht er ein Licht, und er geht grade auf das Licht zu … laß mich doch erzählen! das gehört dazu! … geht drauf zu, und da ist eine Hütte, da wohnen zwei Bauersleute drin. Ein Bauer und eine Bauersfrau. Der Bauer ist alt, und sie ist jung und hübsch, ja, sie ist jung. Die liegen schon im Bett. Nein, die liegen noch nicht im Bett …»

«Meine Frau kann keine Witze erzählen. Laß mich mal. Du kannst nachher sagen, obs richtig war. Also nun werde ich Ihnen das mal erzählen.

Also, ein Mann wandert durch die Dolomiten und verirrt sich. Da kommt er – du machst einen ganz verwirrt, so ist der Witz gar nicht! Der Witz ist ganz anders. In den Dolomiten, so ist das! In den Dolomiten wohnt ein alter Bauer mit seiner jungen Frau. Und die haben gar nichts mehr zu essen; bis zum nächsten Markttag haben sie bloß noch eine Konservenbüchse mit Rindfleisch. Und die sparen sie sich auf. Und da kommt ... wieso? Das ist ganz richtig! Sei mal still ..., da kommt in der Nacht ein Wandersmann, also da klopft es an die Tür, da steht ein Mann, der hat sich verirrt, und der bittet um Nachtquartier. Nun haben die aber gar kein Quartier, das heißt, sie haben nur ein Bett, da schlafen sie zu zweit drin. Wie? Trude, das ist doch Unsinn ... Das kann sehr nett sein!»

«Na, ich könnte das nicht. Immer da einen, der – im Schlaf strampelt ..., also ich könnte das nicht!»

«Sollst du ja auch gar nicht. Unterbrich mich nicht immer.»

«Du sagst doch, das wär nett. Ich finde das nicht nett.» – «Also ...»

«Walter! Die Asche! Kannst du denn nicht den Aschbecher nehmen?»

«Also ... der Wanderer steht da nun in der Hütte, er trieft vor Regen, und er möchte doch da schlafen. Und da sagt ihm der Bauer, er kann ja in dem Bett schlafen, mit der Frau.»

«Nein, so war das nicht. Walter, du erzählst es ganz falsch! Dazwischen, zwischen ihm und der Frau – also der Wanderer in der Mitte!»

«Meinetwegen in der Mitte. Das ist doch ganz egal.»

«Das ist gar nicht egal ... der ganze Witz beruht ja darauf.»

«Der Witz beruht doch nicht darauf, wo der Mann schläft!»

«Natürlich beruht er darauf! Wie soll denn Herr Panter den Witz so verstehen ... laß mich mal – ich werd ihn mal erzählen! – Also der Mann schläft, verstehen Sie, zwischen dem alten Bauer und seiner Frau. Und draußen gewittert es. Laß mich doch mal!»

«Sie erzählt ihn ganz falsch. Es gewittert erst gar nicht, sondern die schlafen friedlich ein. Plötzlich wacht der Bauer auf und sagt zu seiner Frau – Trude, geh mal ans Telefon, es klingelt. – Nein, also das sagt er natürlich nicht … Der Bauer sagt zu seiner Frau … Wer ist da? Wer ist am Telefon? Sag ihm, er soll später noch mal anrufen – jetzt haben wir keine Zeit! Ja. Nein. Ja. Häng ab! Häng doch ab!»

«Hat er Ihnen den Witz schon zu Ende erzählt? Nein, noch nicht? Na, erzähl doch!»

«Da sagt der Bauer: Ich muß mal raus, nach den Ziegen sehn – mir ist so, als hätten die sich losgemacht, und dann haben wir morgen keine Milch! Ich will mal sehn, ob die Stalltür auch gut zugeschlossen ist.»

«Walter, entschuldige, wenn ich unterbreche, aber Paul sagt, nachher kann er nicht anrufen, er ruft erst abends an.»

«Gut, abends. Also der Bauer – nehmen Sie doch noch ein bißchen Kaffee! – Also der Bauer geht raus, und kaum ist er rausgegangen, da stupst die junge Frau …»

«Ganz falsch. Total falsch. Doch nicht das erstemal! Er geht raus, aber sie stupst erst beim drittenmal – der Bauer geht nämlich dreimal raus – das fand ich so furchtbar komisch! Laß mich mal! Also der Bauer geht raus, nach der Ziege sehn, und die Ziege ist da; und er kommt wieder rein.»

«Falsch. Er bleibt ganz lange draußen. Inzwischen sagt die junge Frau zu dem Wanderer –»

«Gar nichts sagt sie. Der Bauer kommt rein …»

«Erst kommt er nicht rein!»

«Also … der Bauer kommt rein, und wie er eine Weile schläft, da fährt er plötzlich aus dem Schlaf hoch und sagt: Ich muß doch noch mal nach der Ziege sehen – und geht wieder raus.»

«Du hast ja ganz vergessen, zu erzählen, daß der Wanderer furchtbaren Hunger hat!»

«Ja. Der Wanderer hat vorher beim Abendbrot gesagt, er hat so furchtbaren Hunger, und da haben die gesagt, ein bißchen Käse wäre noch da …»

«Und Milch!»

«Und Milch, und es wär auch noch etwas Fleischkonserve da, aber die könnten sie ihm nicht geben, weil die eben bis zum nächsten

Markttag reichen muß. Und dann sind sie zu Bett gegangen.»

«Und wie nun der Bauer draußen ist, da stupst sie den, also da stupst die Frau den Wanderer in die Seite und sagt: Na ...»

«Keine Spur! Aber keine Spur! Walter, das ist doch falsch! Sie sagt doch nicht: Na ...!»

«Natürlich sagt sie: Na ...! Was soll sie denn sagen?»

«Sie sagt: Jetzt wäre so eine Gelegenheit ...»

«Sie sagt im Gegenteil: Na ... und stupst den Wandersmann in die Seite ...»

«Du verdirbst aber wirklich jeden Witz, Walter!»

«Das ist großartig! Ich verderbe jeden Witz? *Du* verdirbst jeden Witz – ich verderbe doch nicht jeden Witz! Da sagt die Frau ...»

«Jetzt laß *mich* mal den Witz erzählen! Du verkorkst ja die Pointe ...!»

«Also jetzt mach mich nicht böse, Trude! Wenn ich einen Witz anfange, will ich ihn auch zu Ende erzählen ...»

«Du hast ihn ja gar nicht angefangen ... *ich* habe ihn angefangen!» – «Das ist ganz egal – jedenfalls will ich die Geschichte zu Ende erzählen; denn du kannst keine Geschichten erzählen, wenigstens nicht richtig!» – «Und ich erzähle eben meine Geschichten nach meiner Art und nicht nach deiner, und wenn es dir nicht paßt, dann mußt du eben nicht zuhören …!» – «Ich will auch gar nicht zuhören … ich will sie zu Ende erzählen – und zwar so, daß Herr Panter einen Genuß von der Geschichte hat!» – «Wenn du vielleicht glaubst, daß es ein Genuß ist, dir zuzuhören …» – «Trude!» – «Nun sagen Sie, Herr Panter – ist das auszuhalten! Und so nervös ist er schon die ganze Woche … ich habe …» – «Du bist …» – «Deine Unbeherrschtheit …» – «Gleich wird sie sagen: Komplexe! Deine Mutter nennt das einfach schlechte Erziehung …» – «Meine Kinderstube …!» – «Wer hat denn die Sache beim Anwalt rückgängig gemacht? Wer denn? Ich vielleicht? Du! Du hast gebeten, daß die Scheidung nicht …» – «Lüge!» – Bumm: Türgeknall rechts. Bumm: Türgeknall links.

Jetzt sitze ich da mit dem halben Witz.

Was hat der Mann zu der jungen Bauersfrau gesagt?

Die Familie

Die Griechen, die so gut wußten, was ein Freund ist, haben die Verwandten mit einem Ausdruck bezeichnet, welcher der Superlativ des Wortes ‹Freund› ist. Dies bleibt mir unerklärlich.» *Friedrich Nietzsche*

Als Gott am sechsten Schöpfungstage alles ansah, was er gemacht hatte, war zwar alles gut, aber dafür war auch die Familie noch nicht da. Der verfrühte Optimismus rächte sich, und die Sehnsucht des Menschengeschlechtes nach dem Paradiese ist hauptsächlich als der glühende Wunsch aufzufassen, einmal, nur ein einziges Mal friedlich ohne Familie dahinleben zu dürfen. Was ist die Familie?

Die Familie (familia domestica communis, die gemeine Hausfamilie) kommt in Mitteleuropa wild vor und verharrt gewöhnlich in diesem Zustande. Sie besteht aus einer Ansammlung vieler Menschen verschiedenen Geschlechts, die ihre Hauptaufgabe darin erblicken, ihre Nasen in deine Angelegenheiten zu stecken. Wenn die Familie größeren Umfang erreicht hat, nennt man sie ‹Verwandtschaft› (siehe im Wörterbuch unter M). Die Familie erscheint meist zu scheußlichen Klumpen geballt und würde bei Aufständen dauernd Gefahr laufen, erschossen zu werden, weil sie grundsätzlich nicht auseinandergeht. Die Familie ist sich in der Regel heftig zum Ekel. Die Familienzugehörigkeit befördert einen Krankheitskeim, der weit verbreitet ist: alle Mitglieder der Innung nehmen dauernd übel. Jene Tante, die auf dem berühmten Sofa saß, ist eine Geschichtsfälschung: denn erstens sitzt eine Tante niemals allein, und zweitens nimmt sie immer übel – nicht nur auf dem Sofa: im Sitzen, im Stehen, im Liegen und auf der Untergrundbahn.

Die Familie weiß voneinander alles: wann Karlchen die Masern gehabt hat, wie Inge mit ihrem Schneider zufrieden ist, wann Erna den Elektrotechniker heiraten wird, und daß Jenny nach der letzten Auseinandersetzung nun endgültig mit ihrem Mann zusammenbleiben wird. Derartige Nachrichten pflanzen sich vormittags zwischen elf und eins durch das wehrlose Telefon fort. Die Familie weiß alles, mißbilligt es aber grundsätzlich. Andere wilde Indianerstämme leben entweder auf den Kriegsfüßen oder rauchen eine Friedenszigarre: die Familie kann gleichzeitig beides.

Die Familie ist sehr exklusiv. Was der jüngste Neffe in seinen freien Stunden treibt, ist ihr bekannt, aber wehe, wenn es dem jungen Mann einfiele, eine Fremde zu heiraten! Zwanzig Lorgnons richten sich auf das arme Opfer, vierzig Augen kneifen sich musternd zusammen, zwanzig Nasen schnuppern mißtrauisch: «Wer ist das? Ist sie der hohen Ehre teilhaftig?» Auf der anderen Seite ist das ebenso. In diesen Fällen sind gewöhnlich beide Parteien davon durchdrungen, tief unter ihr Niveau hinuntergestiegen zu sein.

Hat die Familie aber den Fremdling erst einmal in ihren Schoß aufgenommen, dann legt sich die große Hand der Sippe auch auf diesen Scheitel. Auch das neue Mitglied muß auf dem Altar der Verwandtschaft opfern; kein Feiertag, der nicht der Familie gehört! Alle fluchen, keiner tuts gern – aber Gnade Gott, wenn einer fehlte! Und seufzend beugt sich alles unter das bittere Joch …

Dabei führt das ‹gesellige Beisammensein› der Familie meistens zu einem Krach. In ihren Umgangsformen herrscht jener sauersüße Ton vor, der am besten mit einer Sommernachmittagsstimmung kurz nach einem Gewitter zu vergleichen ist. Was aber die Gemütlichkeit nicht hindert. Die seligen Herrnfelds stellten einmal in einem ihrer Stücke eine Szene dar, in der die entsetzlich zerklüftete Familie eine Hochzeitsfeierlichkeit abzog, und nachdem sich alle die Köpfe zerschlagen hatten, stand ein prominentes Mitglied der Familie auf und sagte im lieblichsten Ton der Welt: «Wir kommen jetzt zu dem Tafellied –!» Sie kommen immer zum Tafellied.

Schon in der großen Soziologie Georg Simmels ist zu lesen, daß keiner so wehtun könne, wie das engere Kastenmitglied, weil das genau um die empfindlichsten Stellen des Opfers wisse. Man kennt sich eben zu gut, um sich herzinniglich zu lieben, und nicht genug, um noch aneinander Gefallen zu finden.

Man ist sich sehr nah. Nie würde es ein fremder Mensch wagen, dir so nah auf den Leib zu rücken, wie die Kusine deiner Schwägerin, a conto der Verwandtschaft. Nannten die alten Griechen ihre Verwandten die ‹Allerliebsten›? Die ganze junge Welt von heute nennt sie anders. Und leidet unter der Familie. Und gründet später selbst eine und wird dann grade so.

Es gibt kein Familienmitglied, das ein anderes Familienmitglied jemals ernst nimmt. Hätte Goethe eine alte Tante gehabt, sie wäre sicherlich nach Weimar gekommen, um zu sehen, was der Junge macht, hätte ihrem Pompadour etwas Cachou entnommen und wäre schließlich durch und durch beleidigt wieder abgefahren. Goethe hat aber solche Tanten nicht gehabt, sondern seine Ruhe – und auf diese Weise ist der ‹Faust› entstanden. Die Tante hätte ihn übertrieben gefunden.

Zu Geburtstagen empfiehlt es sich, der Familie etwas zu schenken. Viel Zweck hat das übrigens nicht; sie tauscht regelmäßig alles wieder um.

Irgendeine Möglichkeit, sich der Familie zu entziehen, gibt es nicht. Mein alter Freund Theobald Tiger singt zwar:

Fang nie was mit Verwandtschaft an –
denn das geht schief,
denn das geht schief!

aber diese Verse sind nur einer stupenden Lebensunkenntnis entsprungen. Man fängt ja gar nichts mit der Verwandtschaft an – die Verwandtschaft besorgt das ganz allein.

Und wenn die ganze Welt zugrunde geht, so steht zu befürchten, daß dir im Jenseits ein holder Engel entgegenkommt, leise seinen Palmenwedel schwingt und spricht: «Sagen Sie mal – sind wir nicht miteinander verwandt –?» Und eilends, erschreckt und im innersten Herzen gebrochen, enteilst du. Zur Hölle.

Das hilft dir aber gar nichts. Denn da sitzen alle, alle die andern.

Frauen sind eitel.
Männer? Nie –!

Was machen Menschen, wenn sie allein sind –?

Diese Frage hat Maxim Gorki einst gestellt, und er hat sie fast tragisch beantwortet. Vor allem: er hat sie für Russen beantwortet. Was aber tun brave Mitteleuropäer?

Zunächst ist festzustellen, daß in dem Augenblick, wo der Mann allein ist, etwas von ihm fällt, eine dünne Haut – eine zarte Maske … Einer der größten deutschen Denker, Lichtenberg, hat einmal die Beobachtung aufgezeichnet, wie Menschen in Nebenstraßen ein anderes Gesicht aufsetzen als in Hauptstraßen. Daran ist viel Wahres. Was also tut der Mann, wenn er allein ist?

Ist er ohne feste Beschäftigung, so wird fast jeder Mann um etliche Jahre jünger: er beginnt, wenn auch nicht zu spielen, so doch seinem Spieltrieb leise nachzugehen. Es ist viel Jungenshaftes, was sich da meldet. Ich glaube, daß kinematographierte Menschen, die allein sind und sich unbeobachtet glauben, zu dem Komischsten gehören müssen, was es gibt.

Die Tür ist also zugefallen, du bist allein. Was nun?

Die Sache fängt gewöhnlich damit an, daß man bei ganz vernünftigen Handgriffen mit etwas völlig Sinnlosem beginnt. (Ein kaum wahrnehmbarer Schleier von Irrsinn liegt auf Leuten, die allein sind.) Du nimmst die Bürste, das ist wahr – aber dabei hebst du einen Kamm auf, und wenn du auch nur eine Minute Zeit hast, balancierst du den ein bißchen, und wenn du nicht balancierst, dann fängst du an, irgend etwas in Reih und Glied zu legen, und wenn du nicht in Reih und Glied legst (was sehr beruhigt), dann trommelst du mit dem Nagelreiniger auf einer Seifenschale … Welcher Oberregierungsrat hätte noch nie im Bad mit dem Thermometer Schiffchen gespielt!

Auch ist sehr schön, Männer, die allein sind, singen zu hören. Daß die Majorität so schön singt wie Suzanne Lenglen, mag noch hingehen. Aber was sie so singen! Zunächst: fünfzigmal dasselbe Lied, nein, denselben Liedfetzen, dieselben paar Takte, immer sentimentaler, immer falscher – immer im Rhythmus dessen, was sie grade tun … Auch verwandelt sich der Text leicht in einen völlig wahnsinnigen Indianergesang:

Valencia!
Laß mich wippen, wippen, wippen
auf den Klippen, Klippen, Klippen –
mit der ganzen Kompanie –!

Das klingt nach der einundsechzigsten Wiederholung ganz menschlich. Auch kann man es pfeifen.

Dann gibt es etliche, die sprechen sehr leise mit ihren Sachen. Es erhebt sehr, wenn man die Arbeit mit frommen Sprüchen begleitet. «Wo ist denn der Schuh? Wo ist denn der Schuh?» (Jetzt kleiner Opernchor: Schuhschuh – Schuhschuh – Schuuhuuhuu –!) Dann: «Na, da bist du ja! Vielleicht läßt du dich noch drei Stunden suchen. Hund!» (Rrrumms, an die Wand.) Großes Orchester: «Trararaaha –!» Gesprochen: «Das Zahnwasser ist alle.» Gejodelt: «Alléhallé –!» So an sonnigen Tagen.

Für alle Tage aber gilt eines, das bei allen Alleinseiern zu beachten ist, wenn die nicht gerade in acht Minuten sich anziehen müssen, um ins Geschäft zu stürzen: das sind die amüsanten kleinen Umwege, die ihre Betätigung vornimmt. Sie macht Kurven, schlägt Bogen, spielt unterwegs, verbraucht den Kräfteüberschuß, den jeder gesunde Mensch inne hat … Und das ist bei der Arbeit nicht anders.

In Sinclair Lewis' herrlichem ‹*Babbitt*› steht zu lesen, wie der Held dieses amerikanischen Romans arbeitet, wie er Zettelchen vollschmiert, und ich bin überzeugt, daß wir alle so zu ‹malen› beginnen, wenn wir das tun, was wir mit Denken bezeichnen. (Es ist bekannt, daß die meisten Menschen keinem Redner zuhören können, ohne Männerchen zu zeichnen.) Es ist, als ob neben der eigentlichen Kraft des Arbeitsmotors noch ein Nebenstrom herliefe, der Schnitzel und Späne auf einer Säge produziert. Nutzen hat das keinen, aber ohne den Strom geht es auch nicht … Arbeitet einer mit andern zusammen im großen Büro, so läßt er seinen Eigenheiten im allgemeinen nicht so ungehinderten Lauf, hat er aber ein ‹Privatkontor›, so schöpft er aus dem großen Reservebehältnis einer angeblichen Kraftverschwendung neue Kräfte. Dazu hat der Mensch seine Nägel, die Ohren, die Krawatte – die Beschäftigung mit diesen Dingen stärkt sehr. Und aus der unergründlichen Tiefe eines Spiels mit dem Manschettenknopf und einem Blaustift steigen schwerwiegende Entschlüsse auf … Soweit die Männer, diese ewigen Jungen.

Kinder sind oft allein, auch wenn sie gar nicht allein sind. Sie spielen, in einer Hülle von Jugend und Unbekümmertheit, die nur selten zerreißt: wenn sie Hunger haben oder sonst etwas Wichtiges wollen.

Was Frauen tun, wenn sie allein sind, ahne ich nicht. Ein Weiser hat behauptet, eine Frau sei überhaupt nie allein – sie stelle sich stets jemand vor, und sei es auch nur einen Spiegel. Ich denke, daß sich ein Mann da kein Urteil erlauben kann: denn ist er mit einer Frau allein, dann ist sie nicht mehr allein, er stört sehr, und so mag diese Frage eine Frau entscheiden.

Was tun Frauen, bevor sie ausgehen?

Wenn eine Frau seit vier Stunden weiß, daß sie und der Mann um sieben Uhr ins Theater gehen, wenn dann der Mann um halb sieben abgehetzt und eilig aus dem Geschäft kommt, um sie abzuholen – was tut eine solche Frau dann?

Sie entfaltet eine *unermeßliche Tätigkeit*.

Vorerst beginnt sie sich ‹zurechtzumachen›. Unter diesen Begriff fallen eine Reihe unerklärlicher Vorgänge und Betätigungen, die nie ganz zu enträtseln sind, als da wären: Zupfen der Haare vor dem großen Spiegel, dasselbe vor einem kleinen; Aufnehmen eines gleichgültigen Gegenstandes und Hinlegen desselben; Suchen der Schlüssel; Durchwühlen einer Kommode; Probe und Verwerfen eines Hutes vor einem großen Spiegel, eifriges Geläuf durch alle Zimmer. Und hier setzt nun das Rätsel ein, das große unergründliche Rätsel:

Warum tun die Frauen in der letzten Minute Dinge, die sie schon vor einer Stunde hätten tun können, und die viel mehr Zeit in Anspruch nehmen, als beim besten Willen vorhanden ist? Warum?

6.45 Uhr: «Ich muß meine Handschuhe erst nochmal mit Benzin reinigen! Anna! Anna! Wo ist das Benzin?» Benzinflasche, Handschuhe und ein großer, häßlicher Lappen von tückischem Aussehen. Richtig: er verschmiert bösartig das Benzin und tut durchaus nicht, was man von ihm verlangt. Das geht so zehn Minuten. 6.55 Minuten: «Ich werde mir doch lieber die neuen Handschuhe anziehen!» Im Hintergrund ringt ein Unglücklicher die Hände – das hätte man doch schon vor zehn Minuten ... Strafender Blick: «Du verstehst auch gar nichts –!» Nein, er versteht gar nichts ...

7.08 Uhr: «Die Wäsche ist noch nicht gezählt!» – Aber, liebes Kind ... Hier ist nicht: lieb, und hier ist nicht: Kind – die Wäsche ist noch nicht gezählt! Muß das jetzt sein? Jetzt oder nie. «Anna! – 5 Combinaisons, 44 Handtücher – wieso 44? ach so – 23 Taschentücher, 5 Hemdchen fürs Kind – na, ich werde das morgen machen – legen Sie sie da inzwischen hin! Anna, haben wir abgerechnet? Also morgen nehmen wir die Rinderbrust, die noch da ist –» Der Hintergrund: Allmächtiger, womit habe ich das verdient! Wie hast du mich gestraft, du mein Herr und Gott! Mein liebes Kind, es ist fünf Minuten über Viertel acht … «Dann hättest du eben früher aus dem Geschäft kommen müssen –!» Da kann man halt nix machen.

Sehr geehrter Herr Panter!

Ich habe Ihren kleinen Aufsatz in der Zeitung: Was tun Frauen, bevor sie weggehen? gelesen. Ich muß Ihnen sagen, daß Sie aber durchaus nicht alle Frauen zu kennen scheinen, die es gibt. Es gibt doch Gott sei Dank heute schon eine Menge Frauen und Mädchen, die mindestens ebenso pünktlich und zuverlässig sind wie der Mann. Das beweisen ja auch die vielen weiblichen Telefonangestellten.

Ich muß den Brief leider schließen. Eben kommt mein Mann und ruft, daß es Zeit ist, zu unserer Mittwochgesellschaft zu gehen. Wenn das nicht dazwischen gekommen wäre, Herr Panter, dann würde ich Ihnen noch ganz anders und viel ausführlicher geschrieben haben, aber leider muß ich jetzt schließen, und meinen Mann begleiten. Ich möchte Ihnen bloß noch sagen, daß es die allermeisten Frauen, was Ordnung und Pünktlichkeit betrifft, noch hundertmal mit jedem Mann aufnehmen können. Ich wenigstens bin immer auf die Minute da und fange gar nicht erst kurz vor meinem Weggehen an, tausend Sachen anzufangen und wieder hinzulegen. Überhaupt: das ist eine männliche Überhebung, sich immer über die Frauen lustig zu machen. Da fangt ihr Männer mal hübsch bei euch an, da werdet ihr doch genug Laster und Fehler finden! Und, Herr Panter, eine Frau, die eine Wirtschaft führt, hat eben viele Lasten und Sorgen, die ihr keiner abnimmt, nicht einmal der eigene Mann. Sie muß beinahe alles allein tun, und daher mag es denn manchmal vorkommen, daß sie sich zu einem Vergnügen verspätet. Und was schadet es denn schon, wenn der Mann einmal ein bißchen auf sie warten muß? So galant kann ein Mann schon zu seiner Frau sein – besonders, wenn sie sich den ganzen Tag für ihn in der Wirtschaft abgemüht hat. Im übrigen aber sind die Frauen viel pünktlicher als ihr Männer!

So – jetzt will ich den Brief rasch fertig machen und frankieren, denn ich muß mich noch anziehen und frisieren –! *Eine Pünktliche*

Frauen sind eitel. Männer? Nie –!

Das war in Hamburg, wo jede vernünftige Reiseroute aufzuhören hat, weil es die schönste Stadt Deutschlands ist – und es war vor dem dreiteiligen Spiegel. Der Spiegel stand in einem Hotel, das Hotel stand vor der Alster, der Mann stand vor dem Spiegel. Die Morgen-Uhr zeigte genau fünf Minuten vor einhalb zehn.

Der Mann war nur mit seinem Selbstbewußtsein bekleidet, und es war jenes Stadium eines Ferientages, wo man sich mit geradezu wollüstiger Langsamkeit anzieht, trödelt, Sachen im Zimmer umherschleppt, tausend überflüssige Dinge aus dem Koffer holt, sie wieder hineinpackt, Taschentücher zählt und sich überhaupt benimmt wie ein mittlerer Irrer: es ist ein geschäftiges Nichtstun, und dazu sind ja die Ferien auch da. Der Mann stand vor dem Spiegel.

Männer sind nicht eitel. Frauen sind es. Alle Frauen sind eitel. Dieser Mann stand vor dem

Spiegel, weil der dreiteilig war und weil der Mann zu Hause keinen solchen besaß. Nun sah er sich, Antinous mit dem Hängebauch, im dreiteiligen Spiegel und bemühte sich, sein Profil so kritisch anzusehen, wie seine egoistische Verliebtheit das zuließ … eigentlich … und nun richtete er sich ein wenig auf – eigentlich sah er doch sehr gut im Spiegel aus, wie –? Er strich sich mit gekreuzten Armen über die Haut, wie es die tun, die in ein Bad steigen wollen … und bei dieser Betätigung sah sein linkes Auge ganz zufällig durch die dünne Gardine zum Fenster hinaus. Da stand etwas.

Es war eine enge Seitenstraße, und gegenüber, in gleicher Etagenhöhe, stand an einem Fenster eine Frau, eine ältere Frau, schiens, die hatte die drübige Gardine leicht zur Seite gerafft, den Arm hatte sie auf ein kleines Podest gelehnt, und sie stierte, starrte, glotzte, äugte gerade auf des Mannes gespiegelten Bauch. Allmächtiger.

Der erste Impuls hieß den Mann vom Spiegel zurücktreten, in die schützende Weite des Zimmers, gegen Sicht gedeckt. So ein Frauenzimmer. Aber es war doch eine Art Kompliment, das war unleugbar; denn wenn jene auch dergleichen vielleicht immer zu tun pflegte – es war eine Schmeichelei. «An die Schönheit.» Unleugbar war das so. Der Mann wagte sich drei Schritt vor.

Wahrhaftig: da stand sie noch immer und äugte und starrte. Nun – man ist auf der Welt, um Gutes zu tun … und wir können uns doch noch alle Tage sehen lassen – ein erneuter Blick in den Spiegel bestätigte das – heran an den Spiegel, heran ans Fenster!

Nein. Es war *zu* schéhnierlich … der Mann hüpfte davon, wie ein junges Mädchen, eilte ins Badezimmer und rasierte sich mit dem neuen Messer, das glitt sanft über die Haut wie ein nasses Handtuch, es war eine Freude. Abspülen («Scharf nachwaschen?» fragte er sich selbst und bejahte es), scharf nachwaschen, pudern … das dauerte gut und gern seine zehn Minuten. Zurück. Wollen doch spaßeshalber einmal sehen –.

Sie stand wahr und wahrhaftig noch immer da; in genau derselben Stellung wie vorhin stand sie da, die Gardine leicht zur Seite gerafft, den Arm aufgestützt, und sah regungslos herüber. Das war denn doch – also, das wollen wir doch mal sehen.

Der Mann ging nun überhaupt nicht mehr vom Spiegel fort. Er machte sich dort zu schaffen, wie eine Bühnenzofe auf dem Theater: er bürstete sich und legte einen Kamm von der rechten auf die linke Seite des Tischchens; er schnitt sich die Nägel und trocknete sich ausführlich hinter den Ohren, er sah sich prüfend von der Seite an, von vorn und auch sonst ... ein schiefer Blick über die Straße: die Frau, die Dame, das Mädchen – sie stand noch immer da.

Der Mann, im Vollgefühl seiner maskulinen Siegerkraft, bewegte sich wie ein Gladiator im Zimmer, er tat so, als sei das Fenster nicht vorhanden, er ignorierte scheinbar ein Publikum, für das er alles tat, was er tat: er schlug ein Rad, und sein ganzer Körper machte fast hörbar: Kikeriki! Dann zog er sich, mit leisem Bedauern, an.

Nun war da ein manierlich bekleideter Herr, – die Person stand doch immer noch da! –, er zog die Gardine zurück und öffnete mit leicht vertraulichem Lächeln das Fenster. Und sah hinüber.

Die Frau war gar keine Frau.

Die Frau, vor der er eine halbe Stunde lang seine männliche Nacktheit produziert hatte, war – ein Holzgestell mit einem Mantel darüber, eine Zimmerpalme und ein dunkler Stuhl. So wie man im nächtlichen Wald aus Laubwerk und Ästen Gesichter komponiert, so hatte er eine Zuschauerin gesehen, wo nichts gewesen war als Holz, Stoff und eine Zimmerpalme.

Leicht begossen schloß der Herr Mann das Fenster. Frauen sind eitel. Männer –? Männer sind es nie.

In der Hotelhalle

Ein Blick – und die Neese sitzt hinten.

Wir saßen in der Halle des großen Hotels, in einer jener Hallen, in denen es immer aussieht wie im Film – anders tuts der Film nicht. Es war fünf Minuten vor halb sechs; mein Partner war Nervenarzt, seine Sprechstunde war vorüber, und wir tranken einen dünnen Tee. Er war so teuer, daß man schon sagen durfte: wir nahmen den Tee.

«Sehen Sie», sagte er, «es ist nichts als Übung. Da kommen und gehen sie – Männer, Frauen, Deutsche und Ausländer, Gäste, Besucher ... und niemand kennt sie. Ich kenne sie. Ein Blick – hübsch, wenn man sich ein bißchen mit Psychologie abgegeben hat. Ich blättere in den Leuten wie in aufgeschlagenen Büchern.»

«Was lesen Sie?» fragte ich ihn.

«Ganz interessante Kapitelchen.» Er blickt mit zugekniffenen Augen umher. «Keine Rätsel hier – ich kenne sie alle. Fragen Sie mich bitte.»

«Nun ... zum Beispiel: was ist der da?»

«Welcher?»

«Der alte Herr ... mit dem Backenbart ... nein, der nicht ... ja, der ...»

«Der?» Er besann sich keinen Augenblick. «Das ist ... der Mann hat, wie Sie sehen, eine fulminante Ähnlichkeit mit dem alten Kaiser Franz Joseph. Man könnte geradezu sagen, daß er ein getreues Abbild des Kaisers sei – er sieht aus ... er sieht aus wie ein alter Geldbriefträger, den die Leute für gütig halten, weil er ihnen die Postanweisungen bringt. Seine Haltung – seine Allüren ... ich halte den Mann für einen ehemaligen Hofbeamten aus Wien – einen sehr hohen sogar. Der Zusammenbruch der Habsburger ist ihm sehr nahe gegangen, sehr nahe sogar. Ja. Aber sehen Sie doch nur, wie er mit dem Kellner spricht: das ist ein Aristokrat. Unverkennbar. Ein Aristokrat. Sehen Sie – in dem Mann ist der Ballplatz; Wien; die ganze alte Kultur Österreichs; die Hohe Schule die sie da geritten haben – tu, Felix, Austria … Es ist sicher ein Exzellenzherr – irgendein ganz hohes Tier. So ist das.»

«Verblüffend. Wirklich – verblüffend. Woher kennen Sie das nur?»

Er lächelte zu geschmeichelt, um wirklich geschmeichelt zu sein; wie eitel mußte dieser Mensch sein! – «Wie ich Ihnen sage: es ist Übung. Ich habe mir das in meinen Sprechstunden angeeignet – ich bin kein Sherlock Holmes, gewiß nicht. Ich bin ein Nervenarzt, wie andere auch – nur eben mit einem Blick. Mit dem Blick.» Er rauchte befriedigt.

«Und die Dame da hinten? Die da am Tisch sitzt und auf jemand zu warten scheint – sehen Sie, sie sieht immer nach der Tür …»

«Die? Lieber Freund, Sie irren sich. Die Dame wartet nicht. Sie erwartet wenigstens hier keinen. Sie wartet … ja, sie wartet schon. Auf das Wunderbare wartet sie. Lassen Sie … einen Moment …»

Er zog ein Monokel aus der Westentasche, klemmte es sich ein, das Monokel fühlte sich nicht wohl, und er rückte es zurecht.

«Das ist … Also das ist eine der wenigen

großen Kokotten, die es noch auf dieser armen Welt gibt. Sie wissen ja, daß die Kokotten aussterben wie das Wort. Die bürgerliche Konkurrenz ... Ja, was ich sagen wollte: eine Königin der käuflichen Lust. Minder pathetisch: eine Dame von großer, aber wirklich großer Halbwelt. Donner ... Donnerwetter ... haben Sie diese Handbewegung gesehen? Die frißt Männer. Sie frißt sie. Das ist eine ... Und in den Augen – sehen Sie nur genau ihre Augen an ... sehen Sie sie genau an ... in den Augen ist ein Trauerkomplex, ein ganzer Garten voller Trauerweiden. Diese Frau sehnt sich; nach so vielen Erfüllungen, die keine gewesen sind, sehnt sie sich. Daran gibt es keinen Zweifel. Fraglich, ob sie jemals das finden wird, was sie sucht. Es ist sehr schwierig, was sie haben will – sehr schwierig. Die Frau hat alles gehabt, in ihrem Leben – alles. Und nun will sie mehr. Das ist nicht leicht. Dieses verschleierte Moll! Kann sein, daß sich ein Mann ihretwegen umgebracht hat – es kann sein –, das kann ich nun nicht genau sagen. Ich bin nicht allwissend; ich bin nur ein Arzt der Seele ... Ich möchte diese Frau geliebt haben. Verstehen

Sie mich – nicht lieben! Geliebt haben. Es ist gefährlich, diese Frau zu lieben. Sehr gefährlich. Ja.»

«Doktor … Sie sind ein Cagliostro … Ihre Patienten haben nichts zu lachen.»

«Mir macht man nichts vor», sagte er. «Mir nicht. Was wollen Sie noch wissen? Weil wir grade einmal dabei sind …»

«Der da! Ja, der Dicke, der jetzt aufsteht – er geht – nein, er kommt wieder. Der mit dem etwas rötlichen Gesicht. Was mag das sein?»

«Na, was glauben Sie?»

«Tja … hm … heute sieht doch einer aus wie der andere … vielleicht …»

«Einer sieht aus wie der andere? Sie können eben nicht *sehen* – sehen können ist alles. Das ist doch ganz einfach.»

«Also?»

«Der Mann ist Weinhändler. Entweder der Chef selbst oder der Prokurist einer großen Weinfirma. Ein energischer, gebildeter Mann; ein willensstarker Mann – ein Mann, der selten lacht und trotz des Weines nicht viel von Humor hält. Ein ernster Mann. Ein Mann des Geschäftslebens. Unerbittlich. Haßt große Ansammlungen von Menschen. Ein Mann des Ernstes. Das ist er.»

«Und die da? Diese kleine, etwas gewöhnlich aussehende Madame?»

«Panter, wie können Sie so etwas sagen! Das ist – (Monokel) das ist eine brave, ordentliche Bürgersfrau aus der Provinz ... (Monokel wieder in den Stall) – eine brave Frau, Mutter von mindestens vier Kindern, aufgewachsen in den Ehrbegriffen der kleinbürgerlichen Familien – geht jeden Sonntag in die Kirche – kocht für ihren Mann, flickt ihren Bälgern die Hosen und Kleidchen – es ist alles in Ordnung. Die übet Treu und Redlichkeit und weichet keinen Finger breit ... die nicht.»

«Und der da, Doktor?»

«Sehen Sie – *das* ist der typische Geldmann unserer Zeit. Da haben Sie ihn ganz. Ich könnte Ihnen seine Lebensgeschichte erzählen – so klar liegt die Seele dieses Menschen vor mir. Ein Raffer. Ein harter Nehmer in Schlägen. Der läßt sich nicht unterkriegen. Gibt seine Zeit nicht mit Klimperkram ab; liest keine Bücher; kümmert sich den Teufel um etwas anderes als um sein Geschäft. Da haben sie den amerikanisierten Europäer. Mit den Weibern – Himmelkreuz! – Es ist sechs … Seien Sie nicht böse – aber ich habe noch eine dringende Verabredung. Ich muß mir gleich einen Wagen nehmen. Zahlen! – Die Rechnung …» verbesserte er sich. Der Kellner, kam, nahm und ging. Der Doktor stand auf.

«Was bin ich schuldig?» fragte ich aus Scherz.

«Unbezahlbar – unbezahlbar. Alles Gute! Also … auf bald!» Weg war er.

Und da ergriff mich die Neugier, da ergriff sie mich. Noch saßen alle analysierten Opfer da – alle. Ich schlängelte mich an den Hotelportier heran, der von seinem Stand aus die Halle gut übersehen konnte. Und ich sprach mit ihm. Und ließ etwas in seine Hand gleiten. Und fragte. Und er antwortete. Und ich lauschte:

Der österreichische Höfling war ein Nähmaschinenhändler aus Gleiwitz. Die große Hure mit dem Trauerkomplex eine Mrs. Bimstein aus Chicago – nun war auch ihr Mann zu ihr an den Tisch getreten, unverkennbar Herr Bimstein. Der Prokurist der großen Weinfirma war der Clown Grock. Die pummlige Mama war die Besitzerin eines gastlichen Etablissements in Marseille; der freche Geldmann war ein Dichter der allerjüngsten Schule –

Und nur der Psychologe war ein Psychologe.

Frühlingsvormittag

Für Mary

Natürlich kommst du erst einmal ein Viertelstündchen zu spät – und dann mußt du lachen, wie du mich da so an der Uhr stehen siehst, und dann sagst du: «Die Uhr geht überhaupt falsch!» Uhren, an denen sich Liebespaare verabreden, gehen immer falsch. Und dann gondeln wir los.

Das ist ein zauberischer Vormittag. Du trägst ein weich gefaltetes, weites Kleid, ganz hell, was dich noch blonder macht, einen kleinen Trotteur, wie ich ihn gern habe, und deine langen, zarten Wildlederhandschuhe; du duftest ganz zart nach irgendetwas, was du als Lavendel ausgibst – und was das Verzaubertste an diesem hellen Tage ist –: wir sprechen nicht ein einziges Mal von Zahlen. Es ist ganz merkwürdig und unberlinisch. Leider: ganz undeutsch.

Du sprichst von Kurland. Wie sich auf dem lettischen Bahnhof Männlein und Weiblein und Kindlein einträchtig in der Nase bohrten, der ganze Bahnhof bohrte in der Nase: Gendarmen, Bauern, Schaffner und Lokomotivführer. Ich finde, daß das dem Nachdenken sehr förderlich sei, und das willst du wieder nicht glauben. Doch. Der Ausdruck: «in der Nase grübeln ...» Weiter. Und dann erzählst du von den langen, langen Spaziergängen, die man in Kurland machen kann – und mir wird das Herz weit, wenn ich an das schönste Land denke, das wir beide kennen: Gottes proppрrer Protzprospekt für ein unglücklicherweise nicht geliefertes Deutschland.

Und dann gehen wir an kleinen Teichen vorbei, an einem steht seltsamerweise nicht einmal eine Tafel mit: Verboten – und wir wundern uns sehr. Und du patschst mit deinen neuen Lackhalbschuhen (du freundliche Mühlenaktie!) in einen Tümpel, und ich bin an allem schuld – und überhaupt. Aber dann ist das vorbei ...

Und in deinen Augen spiegelt sich der helle

Frühlingstag, du siehst so fröhlich aus, und ich muß immer wieder darauf gucken, wie du dich bewegst. Und wieder sprechen wir von Rußland und von deiner Heimat. Was ist es, das dich so bezaubernd macht –?

Du bist unbefangen.

Und ich will dir mal was sagen:

Bei uns tun die feinen Leute alles so, wie es in ihren Zeitschriften drin steht – und immer sehen sie sich fotografiert, fein mit Ei und durchaus ‹richtig›. Ihr überlegt gar nicht so viel. Ihr seid hübsch, und damit gut. Und ihr geht, schreitet, lacht, fahrt und trinkt so, wie es euch eure kleine Seele eingegeben hat – ohne darüber nachzudenken, wie das wohl ‹aussieht›. Aber ihr fühlt immer, wie es aussieht – und ihr wollt immer, daß es hübsch aussehen soll. Und nichts ist euch unwichtig, und alles erheblich genug, um es mit Freude zu tun. Der Weg ist das Ziel.

Aber da hält ein Auto, darinnen sitzt Herr Kolonialwarenhändler Mehlhake (A.-G. für den Vertrieb von Mehlhakeschen Präparaten – «Wissen Se, schon wejen der Steuer!»), und so sieht auch alles aus: Frau Mehlhake ist so schrecklich richtig angezogen, daß wir aus dem Lachen und sie aus der feinsten Lederjakke nicht herauskommt, die kleinen Mehlhakes haben alle Automobilbrillen und schmutzige Fingernägel – und das Auto kostet heute mindestens seine …

Aber wir wollten ja nicht von Zahlen sprechen an diesem Frühlingsvormittag.

Das Auto staubt davon. Wir gehen weiter, wir Wilden, wir bessern Menschen.

Denn mit dem Stil ist das wie mit so vielen Dingen: man hat ihn, oder man hat ihn nicht.

Bilder aus dem Geschäftsleben

Abends nach sechs

> *Selig, wer sich vor der Welt*
> *Ohne Haß verschließt;*
> *Einen Freund am Busen hält*
> *Und mit dem genießt.*
>
> *Was von Menschen nicht gewußt*
> *Oder nicht bedacht,*
> *Durch das Labyrinth der Brust*
> *Wandelt in der Nacht.*
>
> *Unbekannter Dichter*

Abends nach sechs Uhr gehen im Berliner Tiergarten lauter Leute spazieren, untergefaßt und mit den Händen nochmals vorn eingeklammert – die haben alle recht. Das ist so:

Er holt sie vom Geschäft ab oder sie ihn. Das Paar vertritt sich noch ein bißchen die Beine, nach dem langen Sitzen im Büro tut die Abendluft gut. Die grauen Straßen entlang, durch das Brandenburger Tor zum Beispiel – und dann durch den Tiergarten. Was tut man unterwegs? Man erzählt sich, was es tagsüber gegeben hat. Und was hat es gegeben? Ärger.

Nun behauptet zwar die Sprache, man ‹schlucke den Ärger herunter› – aber das ist nicht wahr. Man schluckt nichts herunter. Im Augenblick darf man ja nicht antworten – dem Chef nicht, der Kollegin nicht, dem Portier nicht; es ist nicht ratsam, der andere bekommt mehr Gehalt, hat also recht. Aber alles kommt wieder – und zwar abends nach sechs.

Das Liebespaar durchwandelt die grünen Laubgänge des Tiergartens, und er erzählt ihr, wie es im Geschäft zugegangen ist. Zunächst der Bericht. Man hat vielleicht schon bemerkt, wie Schlachtberichte solcher Zusammenstöße erstattet werden: der Berichtende ist ein Muster an Ruhe und Güte, und nur der böse Feind ist ein tobsüchtig gewordener Indianer. Das klingt ungefähr folgendermaßen: «Ich sage, Herr Winkler, sage ich – das wird mit dem Ablegen so nicht gehn!» (Dies in ruhigstem Ton von der Welt, mild, abgeklärt und weise.) «Er sagt, erlauben Sie mal! sagt er – ich lege ab, wies mir paßt!» (Dies schnell, abgerissen und wild cholerisch.) Nun wieder die Oberste Heeresleitung: «Ich sage ganz ruhig, ich sage, Herr Winkler, sage ich – wir können aber nicht so ablegen, weil uns sonst die C-Post mit der D-Post durcheinanderkommt! Fängt er doch an zu brüllen! Ich hätte ihm gar nichts zu befehlen, und er täte überhaupt nicht, was ihm andere Leute sagten – finnste das –?» Dabei haben natürlich beide spektakelt wie die Marktschreier. Aber manchmal wars der Chef, und dem konnte man doch nicht antworten. Man hat also ‹heruntergeschluckt› – und jetzt entlädt es sich. «Finnste das?»

Lottchen findet es skandalös. «Hach! Na, weißt du!» Das tut wohl, es ist Balsam fürs leidende Herz – endlich darf man es alles heraussagen! – «Am liebsten hätte ich ihm gesagt: Machen Sie sich Ihren Kram allein, wenns Ihnen nicht paßt! Aber ich werde mich doch mit so einem ungebildeten Menschen nicht hinstellen! Der Kerl versteht überhaupt nichts, sage ich dir! Hat keine Ahnung! So, wie ers jetzt macht, kommt ihm natürlich die C-Post in die D-Post – das ist mal bombensicher! Na, mir kanns ja egal sein. Ich weiß jedenfalls, was ich zu tun habe:

ich laß ihn ruhig machen – er wird ja sehen, wie weit er damit kommt ...!» – Ein scheu bewundernder Blick streift den reisigen Helden. Er hat recht.

Aber auch sie hat zu berichten. «Was die Elli intrigiert, das kannst du dir überhaupt nicht vorstellen. Fräulein Friedland hat vorgestern eine neue Bluse angehabt, da hat sie am Telefon gesagt, wir habens abgehört –: Man weiß ja, wo manche Kolleginnen das Geld für neue Blusen herhaben! Wie findest du das? Dabei hat die Elli gar keinen Bräutigam mehr! Ihrer ist doch längst weg – nach Bromberg!» Krach, Kampf mit dem zweiten Stock auf der ganzen Linie – Schlachtgetümmel. «Ich hab ja nichts gesagt ... aber ich dachte so bei mir: Na – dacht ich, wo du deine seidenen Strümpfe her hast, das wissen wir ja auch! Weißt du, sie wird nämlich jeden zweiten Abend abgeholt, sie läßt immer das Auto eine Ecke weiter warten ... aber wir haben das gleich rausgekriegt! Eine ganz unverschämte Person ist das!» Da drückt er ihren Arm und sagt: «Na so was!» Und nun hat sie recht.

So wandeln sie. So gehen sie dahin, die vielen, vielen Liebespaare im Tiergarten, erzählen sich gegenseitig, klagen sich ihr kleines Leid, und haben alle recht. Sie stellen das Gleichgewicht des Lebens wieder her. Es wäre einfach unhygienisch, so nach Hause zu gehen: mit dem gesamten aufgespeicherten Oppositionsärger der letzten neun Stunden. Es muß heraus. Falsche Abrechnungen, dumme Telefongespräche, verpaßte Antworten, verkniffene Grobheiten – es findet alles seinen Weg ins Freie. Es ist der Treppenwitz der Geschäftsgeschichte, der da seine Orgien feiert. Die blauen Schleier der Dämmerung senken sich auf Bäume und Sträucher, und auf den Wegen gehen die eingeklammerten Liebespaare und töten die Chefs, vernichten den Konkurrenten, treffen die Feindin mitten ins falsche Herz. Das Auditorium ist dankbar, aufmerksam und grenzenlos gutgläubig. Es applaudiert unaufhörlich. Es ruft: «Noch mal!» an den schönen Stellen. Es tötet, vernichtet und trifft mit. Es ist Bundesgenosse, Freund, Bruder und Publikum zu gleicher Zeit. Es ist schön, vor ihm aufzutreten.

Abends nach sechs werden Geschäfte umorganisiert, Angestellte befördert, Chefs abgesetzt und, vor allem, die Gehälter fixiert. Wer würde die Tarife anders regeln? Wer die Gehaltszulagen gerecht bemessen? Wer Urlaub mit Gratifikation erteilen? Die Liebespaare, abends nach sechs.

Am nächsten Morgen geht alles von frischem an. Schön ausgeglichen geht man an die Arbeit, die Erregung von gestern ist verzittert und dahin, Hut und Mantel hängen im Schrank, die Bücher werden zurechtgerückt – wohlan! der Krach kann beginnen. Pünktlich um drei Uhr ist er da – dieselbe Geschichte wie gestern: Herr Winkler will die Post nicht ablegen, Fräulein Friedland zieht eine krause Nase, die Urlaubsliste hat ein Loch, und die Gehaltszulage will nicht kommen. Ärger, dicker Kopf, spitze Unterhaltung am Telefon, dumpfes Schweigen im Büro. Es wetterleuchtet gelb. Der Donner grollt. Der erfrischende Regen aber setzt erst abends ein – mit ihr, mit ihm, untergefaßt im Tiergarten.

Da ist Friede auf Erden und den Paaren ein Wohlgefallen, der Angeklagte hat das letzte Wort – und da haben sie alle, alle recht.

«'n Augenblick mal –!»

Wenn du bei der ‹Deutschen Grundstücksverwertungs-Aktiengesellschaft› (unter dem tut sies nicht!) anrufst, dann meldet sich erst eine dünne, quäkige Mädchenstimme. Und weil du sowieso schon den Bauch voller Zorn hast – weil jener die Steuern falsch verrechnet hat und überhaupt –, so betest du böse und eilig deinen ganzen Spruch herunter und schließt mit der siegreichen Frage: «Also, was wird nun mit der Steuer?» – Und dann überlegt sich die kleine Mädchenstimme die ganze Geschichte einen Augenblick und spricht dann unfehlbar: «'n Augenblick mal!»

Und dann mußt du eine halbe Stunde am Telefon stehen.

Dieser ‹Augenblick› begegnet uns alle Augenblick.

Nun mag das ja wirklich nicht so einfach sein, in einer großen Organisation – und wo wären in Deutschland nicht große Organisationen! – gerade auf den einen, winzigkleinen Punkt zu treffen, der zuständig ist – in diesem Heer von Hosendurchsitzern, Wichtigmachern, Anschnauzern, Vorgesetzten, verhinderten Vorgesetzten und Botenfrauen gerade jenen einen Beamten zu finden, der dein Schriftstück in der Mache hat. Das ist gewiß nicht leicht. Aber so schwer sollte es einem denn doch nicht gemacht werden.

Vor allem ist so possierlich zu beobachten, wie die Leute, die sonst so gar keine Zeit haben, mit dieser ihrer Zeit umgehen. Der eine singt dem andern stundenlang eine Sache am Telefon vor, die den gar nichts angeht – und der holt einen dritten, und das Spiel wiederholt sich und jeder sagt: «'n Augenblick mal!» – und inzwischen wächst einem der Bart durch den Tisch, und Harpener steigen unentwegt, die Sonne geht unter und wieder auf und wir stehen immer noch am Telefon. «'n Augenblick mal –!»

Es ist eine gewisse japanische Höflichkeit in diesem ‹einen Augenblick›! – So wie es der japanische Höflichkeitskodex vorschreibt, das eigene Haus und die eigene Person als möglichst miserabligt hinzustellen – «Darf Ihr untertänigster Knecht Euer Hochwohlgeboren in seine abscheuliche und niedrige Hütte einladen?» – so sagt der Mann am Telefon auch niemals, daß es Gott behüte zehn Minuten dauern wird, bis er den zuständigen Mann gefunden haben wird – er sagt auch nicht, daß er kein Wort von dem verstanden hat, was jener erzählt hat – er sagt auch nicht, daß sie gar nicht zahlen wollen, und daß ihm der Generaldirektor noch vor einer Viertelstunde gesagt hat: «Sie – wenn der damliche Panter noch mal wegen seines Vorschusses anklingelt, dann sagen Sie ihm —!» (Na, das kann er ja auch schließlich nicht bestellen!) – Er sagt auf alle Fälle, immer, unter allen Umständen: «'n Augenblick mal!» – Und du stehst da mit dem gewaschenen Hals.

Ja, man könnte natürlich reformieren. Man könnte sich ja angewöhnen, zuerst einmal kurz zu sagen, was man denn eigentlich wolle. Zum Beispiel: «Hier Müller. Anfrage wegen der Alimentationsakten der ziemlich unverehelichten Alwine Nordhäuser» oder: «Hier Schulze. Heftige Beschimpfung von euch Schiebern wegen des letzten Vertragsbruchs» – aber so kurz können sich nicht alle Menschen ausdrücken. Nein, und diese Reform wäre auch praktisch, und so etwas wollen wir nicht.

Und dann hat es ja auch so etwas himmlisch Bequemes. Zunächst mal hat sich der Telefonmann die Sache abgewimmelt – ja *er* ist doch nicht verantwortlich … Und das hat schon Dickens gewußt, wie es die oberste Pflicht eines tüchtigen Beamten ist, sich die Arbeit vom Leibe zu halten – und sie auf einen andern abzuwälzen. Und ist das nicht überall so –?

«Herr Ludendorff! Wie war das 1918 –?» – «'n Augenblick mal!» – Schon ist er weg. – «Herr Kultusminister, wie sollen sich die armen Studenten weiter durchbringen –?» – «'n Augenblick mal –!» – Auf Wiedersehen. «Herrschaften, wann bringt ihr denn nun euer Debetkonto in Ordnung?» – «'n Augenblick mal –!» Tot. Aus. Zerplatzt. Er ist heilsam und bekömmlich, der Augenblick.

Sehen Sie, das Telefon ist eine schnelle Erfindung. Und weil da alles ganz fix gehen muß, deshalb spielt sich das so ab:

Der Kunde ruft an. Fräulein Emmy geht ans Telefon, sagt schnurrend den langen Titel ihrer Gesellschaft herunter, und jetzt fängt der Kunde sein Lamento an. Ach Gott – das gute Kind kommt gar nicht zu Worte. Und den ersten Punkt, den jener macht, wartet sie ab und schöpft ganz schnell Atem und haucht hinein: «Einen Moment mal –!» Und legt den Hörer hin und manikürt sich ein bißchen die schlanken Finger und sieht sich schutzsuchend im Lokal um, wo denn der allgewaltige Prokurist sei. Aber der ist gerade nicht momentan – und so läßt sie denn den Hörer mit dem zappelnden Kunden auf der anderen Seite noch ein bißchen liegen und frühstückt ein wenig und liest den neuen Roman ihrer Zeitung – und: «Richtig, ja!» – und stürzt dann davon, den Mann von der Spritze zu suchen. Inzwischen verschlechtert sich der Gesundheitszustand des Kunden zusehends, und daher sind wir auch alle so nervös.

Ich will es jetzt aber auch so machen.

Und wenn ich wieder einmal durch die Friedrichstraße gehe, und eine Fürstin segelt mich leise an, so eine vollbemastete Brigg mit achtzehn Knoten in der Stunde, und funkt zart herüber: «Na – Kleiner?» – dann will ich ganz bestimmt erstaunt aufsehen und sie anlächeln und freundlich sagen:

«Einen Augenblick mal –!»

Warum mein Kontoauszug neulich einen Fehler hatte

Damit einer liebe, ist es nicht nötig, daß viel Zeit verstreiche, daß er Überlegung anstelle und eine Wahl treffe, sondern nur, daß bei jenem ersten und alleinigen Anblick eine gewisse Übereinstimmung gegenseitig zusammentreffe oder das, was wir hier im gemeinen Leben eine Sympathie des Blutes zu nennen pflegen … Demgemäß ist auch der Verlust der Geliebten durch einen Nebenbuhler für den leidenschaftlich Liebenden ein Schmerz, der jeden andern übersteigt.

Schopenhauer

«… bei der Sortenkasse anfragen, ob er da noch was hat … Nein, da hat er ja nichts … Paske, Parmel, Panter … 2645, dann gehen die 500 ab, aha! da ist ja noch ein Eingang, dann schuldet er uns also gar nichts. Doch: 78 Mark – die stehn noch offen. 78 … 78 … 78 … Siebzig, siebzig, siebzig … was sich neckt, das liebt sich … Formular! Also:

Ihnen anliegend den Auszug Ihrer werten Rechnung bei uns zu überreichen, abschließend mit einem Saldo von – Es widerspricht ihrer Moral, sagt sie. Na, so ein Zimt! Moral! Moral! Als ob Liebe was mit Moral zu tun hat! Himmelherrgottdonnerwetter – das wär mal eine Frau gewesen! Gibts das alle Tage? Nein, das gibts nicht alle Tage. Eine wirklich vernünftige Person *und* lustig *und* frisch wie ein junges Mädchen und in puncto puncti … na, lassen wir das. Wie die hier alle stehn und rechnen – also von den Kollegen versteht ja das Mädel keiner. Keiner. Saldo von … Gleich das erstemal, wie ich sie gesehen habe … also das war wie ein Blitz. Ich habs ihr auch gesagt. Doch, man muß das sagen. Und was sagt sie da? Ihre Moral –! Wirklich, ich habe ein Pech … Kommt schon mal ne leere Droschke, dann sitzt einer drin! Und das wäre ja alles noch zu ertragen, aber das Gemeinste an der Sache ist: sie liebt ja. Sie ist ja gar nicht so. Sie liebt. Aber verdammt noch mal: einen andern.

Und das hat sie mir auch noch erzählt! Mit allem Komfort hat sie mir das erzählt! Nein!

Fragen Sie oben in der Registratur! Ich hab ihn nicht. Affe! Ja … alles hat sie erzählt. Raffinement? Glaub ich nicht. Nö, raffiniert ist die nicht, dazu ist sie wohl zu raffiniert. Aber … sie liebt. Doch – ja. Ich habe ganz frech gefragt: Wo denn? Ich sage: Wo denn? Wenn Mama so aufpaßt? Sie sagt: Gottes Natur ist groß. So, sage ich. Na, kurz und klein: ich habe dann manches aus ihr rausgekriegt. Saldo von … der Teufel soll diesen Panter holen und das ganze Kontokorrent! Ich habe es alles rausgekriegt. Und jetzt bin ich seit drei Tagen reine wie besoffen – ich werde das Bild nicht los, ich …, werde das nicht mehr los.

Ich seh sie immerzu, mit dem. Ein schöner Kerl wird das sein – wahrscheinlich irgend so ein Sportfatzke. Blond, groß … oder klein, vermiekert … hähä … nein, das liebt sie nicht … das kann nicht sein. Blond, groß … Wo hab ich denn meinen Spiegel? Ich seh heute gar nicht gut aus … sonst seh ich ganz gut aus … aber heute … kein Wunder. Das Mädel geht mir nicht aus dem Kopf. Und immerzu das, immerzu das Bild. Die gehen Hand in Hand zusammen in den Wald … dann schlenkern sie so mit den Armen dabei, tralala – verflucht, verflucht … und diese Tannen, ganz dunkelgrün, ganz dicht … und sie –

Ich glaube das nicht. Ich glaube das einfach nicht. Das tut sie nicht. Doch, das tut sie doch. Der Kerl ist ja gar nicht da – im Augenblick ist er mal nicht da – also daran ist kein Zweifel, vorläufig bin *ich* mal da! Aber das nützt mir nichts … das nützt mir gar nichts. Er ist nicht da! Aber er wird da sein. März, April … Mai … noch zwei Monate. Nein, ich fahre weg. Nein, also dann will ich nicht hier sein! Nee – ich nehme dann meinen Urlaub. Dann könnt ich ja gar nicht arbeiten, wenn der da ist … Gehen in den Wald und lachen und –. Der Bursche wird ja gar nicht richtig küssen können. Kann er ja gar nicht. Und überhaupt: bei ihm empfindet sie bestimmt nichts. Sicher nichts. Sicher nicht. Das ist unmöglich. Was ist schon dabei … laß sie doch …! Das ist eine leere Formalität. Sie wird ihn über kriegen, und dann komme ich. Dann komme ich. Und dann wird sie sagen: Vor dir habe ich nicht gewußt, was Liebe ist. Sicher. Und dann bleiben wir zusammen. Das Telefon? Vielleicht ruft sie an? … Ist gar nicht für mich … äh – Und immer wieder die beiden … Das ist, glaube ich, Psychoanalyse, ich habe da neulich einen Vortrag drüber gehört … Das wird ja eine fixe Idee, wenn das so weitergeht … Donnerschlag, ich bin doch sonst nicht so, aber diesmal hats getroffen. Saldo … zu seinen Gunsten? Nein, zu unseren Gunsten … muß noch mal nachsehen … Aber das ist mal sicher:

Von der nichts zu bekommen, ist immer noch hübscher, als mit einer andern zu schlafen!

Mit einem Saldo von

RM 780.– zu unsern Gunsten, welcher auf neue Rechnung vorgetragen worden ist.»

«Hat angeklingelt und noch einen Brief geschrieben und sich beschwert … Stornieren Sie das! 780 Mark zu unseren Gunsten! Es ist ein Skandal! Das ist jetzt schon das zweitemal! Wie kommt denn das? Was machen Sie denn?»

«Ich weiß es nicht, Herr Direktor. Ich kann es mir nicht erklären. Ich weiß es nicht –.»

Vorn die Ostsee und hinten die Leipziger Straße

Die Kunst, falsch zu reisen

Wem Gott will rechte Gunst erweisen, den schickt er in die –

«Alice! Peter! Sonja! Legt mal die Tasche hier in das Gepäcknetz, nein, da! Gott, ob einem die Kinder wohl mal helfen! Fritz, iß jetzt nicht alle Brötchen auf! Du hast eben gegessen!»

in die weite Welt!

Wenn du reisen willst, verlange von der Gegend, in die du reist, *alles*: schöne Natur, den Komfort der Großstadt, kunstgeschichtliche Altertümer, billige Preise, Meer, Gebirge – also: vorn die Ostsee und hinten die Leipziger Straße. Ist das nicht vorhanden, dann schimpfe.

Wenn du reist, nimm um Gottes willen keine Rücksicht auf deine Mitreisenden – sie legen es dir als Schwäche aus. Du hast bezahlt – die andern fahren alle umsonst. Bedenke, daß es von ungeheurer Wichtigkeit ist, ob du einen Fensterplatz hast oder nicht; daß im Nichtraucher-Abteil einer raucht, muß sofort und in den schärfsten Ausdrücken gerügt werden – ist der Schaffner nicht da, dann vertritt ihn einstweilen und sei Polizei, Staat und rächende Nemesis in einem. Das verschönt die Reise. Sei überhaupt unliebenswürdig – daran erkennt man den *Mann*.

Im Hotel bestellst du am besten ein Zimmer und fährst dann anderswohin. Bestell das Zimmer nicht ab; das hast du nicht nötig – nur nicht weich werden.

Bist du im Hotel angekommen, so schreib deinen Namen mit allen Titeln ein … Hast du keinen Titel … Verzeihung … ich meine: wenn einer keinen Titel hat, dann erfinde er sich einen. Schreib nicht: ‹Kaufmann›, schreib: ‹Generaldirektor›. Das hebt sehr. Geh sodann unter heftigem Türenschlagen in dein Zimmer, gib um Gottes willen dem Stubenmädchen, von dem du ein paar Kleinigkeiten extra verlangst, kein Trinkgeld, das verdirbt das Volk; reinige deine staubigen Schuhe mit dem Handtuch, wirf ein Glas entzwei (sag es aber keinem, der Hotelier hat so viele Gläser!), und begib dich sodann auf die Wanderung durch die fremde Stadt.

In der fremden Stadt mußt du zuerst einmal alles genauso haben wollen, wie es bei dir zu Hause ist – hat die Stadt das nicht, dann taugt sie nichts. Die Leute müssen also rechts fahren, dasselbe Telefon haben wie du, dieselbe Anordnung der Speisekarte und dieselben Retiraden. Im übrigen sieh dir *nur* die Sehenswürdigkeiten an, die im Baedeker stehen. Treibe die Deinen erbarmungslos an alles heran, was im Reisehandbuch einen Stern hat – lauf blind an allem andern vorüber, und vor allem: rüste dich richtig aus. Bei Spaziergängen durch fremde Städte trägt man am besten kurze Gebirgshosen, einen kleinen grünen Hut (mit Rasierpinsel), schwere Nagelschuhe (für Museen sehr geeignet), und einen derben Knotenstock. Anseilen nur in Städten von 500 000 Einwohnern aufwärts.

Wenn deine Frau vor Müdigkeit umfällt, ist der richtige Augenblick gekommen, auf einen Aussichtsturm oder auf das Rathaus zu steigen; wenn man schon mal in der Fremde ist, muß man alles mitnehmen, was sie einem bietet. Verschwimmen dir zum Schluß die Einzelheiten vor Augen, so kannst du voller Stolz sagen: ich habs geschafft.

Mach dir einen Kostenvoranschlag, bevor du reist, und zwar auf den Pfennig genau, möglichst um hundert Mark zu gering – man kann das immer einsparen. Dadurch nämlich, daß man überall handelt; dergleichen macht beliebt und heitert überhaupt die Reise auf. Fahr lieber noch ein Endchen weiter, als es dein Geldbeutel gestattet, und bring den Rest dadurch ein, daß du zu Fuß gehst, wo die Wagenfahrt angenehmer ist; daß du zu wenig Trinkgeld gibst; und daß du überhaupt in jedem Fremden einen Aasgeier siehst. Vergiß dabei nie die Hauptregel jeder gesunden Reise:

Ärgere dich!

Sprich mit deiner Frau nur von den kleinen Sorgen des Alltags. Koch noch einmal allen Kummer auf, den du zu Hause im Büro gehabt hast; vergiß überhaupt nie, daß du einen Beruf hast.

Wenn du reisest, so sei das erste, was du nach jeder Ankunft in einem fremden Ort zu tun hast: Ansichtskarten zu schreiben. Die Ansichtskarten brauchst du nicht zu bestellen: der Kellner sieht schon, daß du welche haben willst. Schreib unleserlich – das läßt auf gute

Laune schließen. Schreib überall Ansichtskarten: auf der Bahn, in der Tropfsteingrotte, auf den Bergesgipfeln und im schwanken Kahn. Brich dabei den Füllbleistift ab und gieß Tinte aus dem Federhalter.

Dann schimpfe.

Das Grundgesetz jeder richtigen Reise ist: *es muß was los sein* – und du mußt etwas ‹vorhaben›. Sonst ist die Reise keine Reise. Jede Ausspannung von Beruf und Arbeit beruht darin, daß man sich ein genaues Programm macht, es aber nicht innehält – hast du es nicht innegehalten, gib deiner Frau die Schuld.

Verlang überall ländliche Stille; ist sie da, schimpfe, daß nichts los ist. Eine anständige Sommerfrische besteht in einer Anhäufung derselben Menschen, die du bei dir zu Hause siehst, sowie in einer Gebirgsbar, einem Oceandancing und einer Weinabteilung. Besuche dergleichen – halte dich dabei aber an deine gute, bewährte Tracht: kurze Hose, kleiner Hut (siehe oben). Sieh dich sodann im Raume um und sprich: «Na, elegant ist es hier gerade nicht!» Haben die andern einen Smoking an, so sagst du am besten: «Fatzkerei, auf die Reise einen

Smoking mitzunehmen!» – hast du einen an, die andern aber nicht, mach mit deiner Frau Krach. Mach überhaupt mit deiner Frau Krach.

Durcheile die fremden Städte und Dörfer – wenn dir die Zunge nicht heraushängt, hast du falsch disponiert; außerdem ist der Zug, den du noch erreichen mußt, wichtiger als eine stille Abendstunde. Stille Abendstunden sind Mumpitz; dazu reist man nicht.

Auf der Reise muß alles etwas besser sein, als du es zu Hause hast. Schieb dem Kellner die nicht gut eingekühlte Flasche Wein mit einer Miene zurück, in der geschrieben steht: «Wenn mir mein Haushofmeister den Wein so aus dem Keller bringt, ist er entlassen!» Tu immer so, als seist du aufgewachsen bei …

Mit den lächerlichen Einheimischen sprich auf alle Fälle gleich von Politik, Religion und dem Krieg. Halte mit deiner Meinung nicht hinterm Berg, sag alles frei heraus! Immer gib ihm! Sprich laut, damit man dich hört – viele fremde Völker sind ohnehin schwerhörig. Wenn du dich amüsierst, dann lach, aber so laut, daß sich die andern ärgern, die in ihrer Dummheit nicht wissen, worüber du lachst. Sprichst du fremde

Sprachen nicht sehr gut, dann schrei: man versteht dich dann besser.

Laß dir nicht imponieren.

Seid ihr mehrere Männer, so ist es gut, wenn ihr an hohen Aussichtspunkten etwas im Vierfarbendruck singt. Die Natur hat das gerne.

Handele. Schimpfe. Ärgere dich. Und mach Betrieb.

Die Kunst, richtig zu reisen

Entwirf deinen Reiseplan im großen – und laß dich im einzelnen von der bunten Stunde treiben.

Die größte Sehenswürdigkeit, die es gibt, ist die Welt – sieh sie dir an.

Niemand hat heute ein so vollkommenes Weltbild, daß er alles verstehen und würdigen kann: hab den Mut, zu sagen, daß du von einer Sache nichts verstehst.

Nimm die kleinen Schwierigkeiten der Reise nicht so wichtig; bleibst du einmal auf einer Zwischenstation sitzen, dann freu dich, daß du am Leben bist, sieh dir die Hühner an und die ernsthaften Ziegen, und mach einen kleinen Schwatz mit dem Mann im Zigarrenladen.

Entspanne dich. Laß das Steuer los. Trudele durch die Welt. Sie ist so schön: gib dich ihr hin, und sie wird sich dir geben.

Deutsch für Amerikaner

Ein Sprachführer

Ankunft

Eingang verboten.

Ausgang verboten.

Durchgang verboten.

Herr Gepäckträger, tun Sie diese Koffer auf die leichte Schulter nehmen?

Ich werde mir einen Sonnabend daraus machen, mein Herr.

Ist jene Automobildroschke ledig?

Warten Sie, wir haben noch einen Golfhauer sowie zwei Hüteschächtel.

Dies hier ist Ihr Getränkegeld, ist es nicht?

Bezüglich dessen scheint es mir ein wenig wenig. (Sprich: «krieje noch fummssich Fennje!»)

Autotreiber! Geh an! Ich ziehe das Christliche Hospiz vor!

Rauchen verboten.
Parken verboten.
Durchfahrt verboten.

Begrüßungen

Guten Tag, wie fühlen Sie?

Heute ist ein wahrlich feiner Tag, ist es nicht? Sie sehen aus wie Ihre eigne Großmutter, gnädige Frau!

Darf ich Ihnen meinen lieben Mann vorstellen; nein, dieser hier!

Ich bin sehr froh, Sie zu sehen; wie geht es Ihrem Herrn Stiefzwilling?

Werfen Sie das häßliche Kind weg, gnädige Frau; ich mache Ihnen ein neues, ein viel schöneres.

Guten Morgen! (sprich: Mahlzeit!)
Guten Tag! (sprich: Mahlzeit!)
Guten Abend! (sprich: Mahlzeit!)

Danke, es geht uns gut – wir leben von der Differenz.

Im Restaurant

Bringen Sie mir eine Portion Zahnstocher sowie das Adressenbuch.

Das ist nicht mein Revier.

Meine Frau wünscht einen Wiener Schnitzer; ich habe Zitronenschleim gewählt.

Das ist nicht mein Revier.

Bringen Sie mir einen kokainfreien Kaffee. Wir haben in Amerika die Verhinderung; bringen Sie mir daher eine Flasche eisgekühlten Burgunders, auch drei Gläser Whisky mit Gin sowie kein Selterwasser.

Das ist nicht mein Revier.

Auf dem Postamt

Dieser Schalter ist geschlossen.

Sie müssen sich auf den Hintern anstellen.

Ich erwarte schon seit Jahren eine größere Geldsendung.

Wo ist die Schaltung für freie Marken und die Briefschaukel?

Wollen Sie so kindlich sein, hinten meine Marke anzulecken?

In dieser Telefonzelle riecht man nicht gut. Hallo! Ich wünsche eine Nummer zu haben, aber der Telefonfräulein gewährt sie mir nicht.

Meine Näm ist Patterson; ich bin keine Deutsch; hier ist mein Paßhafen.

Im Theater

Geben Sie mir einen guten Platz.

Wir haben keine guten Plätze; wir haben nur Orchesterfauteuils.

Wird Ernst Deutsch diesen Abend spielen? Wie Sie sehen, haben wir Festspiele; infolgedaher wird er nicht vorhanden sein.

Dies ist ein guter Platz; man hört nicht viel. Von wem ist dieses Stück?

Dieses Stück ist von Brecht.

Von wem ist also dieses Stück?

Zeigen Sie mir die blaue Bluse der Romantik.

Des Nachts

Sie sind ein Süßherz, mein Liebling, tun Sie so?

Das ist mir zu teuer.

Ei, mein Fräulein, könnten Sie sich dazu verstehen, mich durch den Abend zu streifen?

In Paris gibt es solche Häuser; sie sind sehr praktisch.

Hätten Sie wohl die Gewogenheit, auch die Strümpfe abzulegen?

In Amerika tun wir so etwas nicht.

Dies ist wahrlich teuer; Sie sind ein Vamp.

Danke, meine Dame, ich habe schon eine Beziehung; sie (er) hat meine gänzliche Liebe.

Konversation

Er ist ein Stockchinese.

Du bist ein Wahlsachse.

Mangels einer Wäschemangel können jene Kragen nicht gewaschen werden.

Meinen Frau Gräfin nicht auch, daß dies ein rechtes Scheißwetter sein dürfte?

Die berliner Festspiele sind gute Festspiele; aber bei uns in Amerika haben wir die größte Tomatenexportehschn von der Welt.

Leihen Sie mir bitte Ihren linken Gummischuh!

Ich habe einen guten Charakter zuzüglich eines Bandwurmes.

Jener Funkturm ist niedlich.

Bitte zeigen Sie mir den berliner Verkehr.

So habe ich es nicht gemeint!

Dieser Löwe macht einen so zusammengeschmetterten Eindruck.

Ich spreche schon geflossen deutsch; nur manchesmal breche ich noch etwas Rad.

Nach Börlin besuchen wir noch Europa, Persien und Heidelberg, aber am 4. September, acht Uhr erste Minute werden wir New York anfahren. Good-bye –!

Das Wirtshaus im Spessart

Würzburg; Sonnabend. Die beiden Halbirren brechen frühmorgens in meine Appartements im ‹Weißen Lamm›. «Aufstehen! Polizei!» und «In dieser Luft kannst du schlafen?» Jakopp in einem neuen Anzug, greulich anzusehen, Karlchen, die Zähne fletschend und grinsend in einem Gemisch von falschem Hohn und Schadenfreude. Die seit einem Jahr angesagte, organisierte, verabredete, immer wieder aufgeschobene und endlich zustande gekommene Fußtour beginnt. Du großer Gott –

Abends. Wir hätten sollen nicht so viel Steinwein trinken. Aber das ist schwer: so etwas von Reinheit, von klarer Kraft, von aufgesammelter Sonne und sonnengetränkter Erde war noch nicht da. Und das war nur der offene, in Gläsern – wie wird das erst, wenn die gedrückten Flaschen des Bocksbeutels auf den Tisch gestellt werden …! Oben auf der Festung ist ein Führer, der ‹erklärt› die alte Bastei und macht sich niedlich, wie jener berühmte Mann auf der Papstburg in Avignon. Aber hier dieser feldwebelbemützte Troubadour singt denn doch ein anderes Lied: er sieht Friderikusn in jedem Baumhöcker, beschimpft die aufrührerischen Bauern wie weiland Luther und überhäuft einen Mann namens Florian Geyer mit Vorwürfen: der habe unten in der Ratsstube gesoffen, während die Bauern hier oben stürmen mußten. Das muß ich in den letzten Jahren schon einmal gehört haben. Der Brunnen ist so tief, daß ein angezündeter Fidibus … wie gehabt. In der Burg liegt Landespolizei und kann auf das weite gewellte Land heruntersehn. Wir hätten sollen in der Gartenwirtschaft Steinwein trinken.

Ochsenfurt; Sonntag. Als die Uhr auf dem Rathaus sechs schlug, ließen wir die Würfel liegen und stürmten hinaus, um uns anzusehen, wie die Apostel ihre Köpfe heraussteckten, die Bullen gegeneinander anliefen und der Tod mit der Hippe nickte. Dann liefen wir aber sehr eilig wieder in die Wirtsstube, wo die Würfel auf dem Tisch plärrten, weil man sie allein gelassen hatte. Wenn wir nicht das Barock des Landes würdigen und, den geschichtlichen Spuren der großen historischen Ereignisse folgend, dieselben auf uns wirken lassen, dann würfeln wir. Wie spielen ‹Lottchen guckt vom Turm›, ‹Hohe Hausnummer rasend› und ‹Kastrierter Waldaffe› sowie die von mir erfundenen, schwereren Dessins: ‹Nonnenkräpfchen›, ‹Gretchen bleibt der Kegel weg› und ‹Das Echo im Schwarzwald›. Wir müssen furchtbar aufpassen, weil mindestens immer einer mogelt. Ich würde nie mogeln, wenn es jemand merkt. Auch muß alles aufgeschrieben werden, damit nachher entschieden werden kann, wer den Wein bezahlt. Ich habe schon viermal bezahlt. Es ist eine teure Freundschaft.

Iphofen; Montag. Ich werde mich hüten, aufzuschreiben, wo wir gewesen sind. Als wir das erste Glas getrunken hatten, wurden wir ganz still. Karlchen hat eine ‹Edelbeeren-Trocken-Spät-Auslese› erfunden, von der er behauptet, sie sei so teuer, daß nur noch Spinnweben in der Flasche … aber dieser war viel schöner. Ein 21er, tief wie ein Glockenton, das ganz große

Glück. (Säuferpoesie, Säuferleber, die Enthaltsamkeitsbewegung – Sie sollten, junger Freund …) Das ganz große Glück. Das Glück wurde noch durch ein Glanzlicht überhöht: der Wirt hatte einen 17er auf dem Faß, der war hell und zart wie Frühsommer. Man wurde ganz gerührt; schade, daß man einen Wein nicht streicheln kann.

Iphofen ist ein ganz verschlafenes Nest, mit sehr aufgeregten Gänsen auf den Straßen, alten Häusern, einer begrasten Stadtmauer und einem ‹Geologen und Magnetopathen›. Habe Karlchen geraten, sich seine erdigen Fingernägel untersuchen zu lassen. Will aber nicht.

In *Ochsenfurt,* auf dem Wege hierher, haben wir am äußersten Stadttor einen Ratsdiener gesehen, der stand da und regelte den Verkehr. Die Ochsenkutscher, die Mist karrten, streckten den linken Arm heraus, wenn sie ans Tor kamen – hier muß eine schwere Seuche ausgebrochen sein, die sich besonders an Straßenecken bemerkbar macht. Schrecklich, die armen Leute! Das kommt davon, wenn sie auf dem Broadway den Verkehr regeln. Wir nehmen uns jeder zwei Flaschen von dem ganz großen Glück mit, um es unseren Lieben in der Heimat mitzubringen. Jeder hat noch eine Flasche.

Kloster Bronnbach; Mittwoch. Der Herbst tönt, und die Wälder brennen. Wir sind in Wertheim gewesen, wo der Main als ein Bildbuchfluß dahinströmt, und wo die Leute mit einer Fähre übersetzen wie in einer Hebelschen Erzählung. Drüben, in Kreuzwertheim, war Gala-Pracht-Eröffnungs-Vorstellung des Welt-Zirkus. Vormittags durfte man die wilden Tiere ansehen: einen maßlos melancholischen Eisbären, der in einer vergitterten Schublade vor sich hinroch und schwitzte; etwas Leopard, und einen kleinen Panther, den die Zirkusjungfrau auf den Arm nahm, das Stück Wildnis. Da kratzte er. Und die Jungfrau sagte zur Wildnis: «Du falscher Fuffziga!» Das konnten wir nicht mitansehen, und da gingen wir fort.

Hier in Bronnbach steht eine schöne Kirche; darin knallt das Gold des alten Barock auf weißgetünchten Mauern. Ein alter Klosterhof ist da. Mönche und die bunte Stille des Herbstes. Wie schön müßte diese Reise erst sein, wenn wir drei nicht da wären!

Hier und da; Donnerstag. Große Diskussion, ob

man eine Winzerin winzen kann. Miltenberg, Mespelbrunn und Heiligenbrücken: vergessen. In Wertheim aber stand an einem Haus ein Wahrspruch, den habe ich mir aufgeschrieben. Und wenn ich einst für meine Verdienste um die deutsche Wehrmacht geadelt werde, dann setze ich ihn mir ins Wappen. Er hieß: «Jeder hat ja so recht!»

Lichtenau; Sonnabend. Die Perle des Spessarts. Dies ist nicht das Wirtshaus im Spessart, das liegt in Rohrbrunn – aber wir benennen das um. Hier ist es richtig.

Unterwegs wurde Jakopp fußkrank; er taumelte beträchtlich, ächzte und betete zu merkwürdigen Gottheiten, auch sagte er unanständige Stammbuchverse auf, daß uns ganz angst wurde, denn wir haben eine gute Erziehung genossen. Wir waren froh, als wir ihn gesund nach Lichtenau gebracht hatten, den alten siechen Mitveteranen. Und als wir ins Gasthaus traten, siehe, da fiel unser Auge auf ein Schild:

‹Autoverkehr! Automobil-Leichenwagen nach allen Richtungen›

Des freute sich unser Herz, und froh setzten wir uns zum Mahle. Der Wirt war streng, aber gerecht, nein, doch nicht ganz gerecht, wie sich gleich zeigen wird. Wir gingen ums Haus.

Dies ist eine alte Landschaft. Die gibt es gar nicht mehr; hier ist die Zeit stehengeblieben. Wenn Landschaft Musik macht: dies ist ein deutsches Streichquartett. Wie die hohen Bäume rauschen, ein tiefer Klang, so ernst sehen die Wege aus … die Steindachlinie des alten Hauses ist so streng – hier müßten altpreußische Reiter einreiten, etwa aus der Zeit Louis Ferdinands. Die Fenster sind achtgeteilt; um uns herum rauscht der abendliche Parkwald. Wir sitzen zu dritt auf einer Stange und bereden ernste Sachen. Dann gehen wir hinein.

… Wir schmecken einmal, zweimal, dreimal. «Dieser Wein», sage ich alter Kenner, «schmeckt nach Sonne.» – «Und nach dem Korken!» sagen die beiden andern gleichzeitig. Herr Wirt! Drohend naht er sich. Nun heißts Mut gezeigt! Auf und drauf!

«Herr Wirt … es ist nämlich … also: probieren Sie mal den Wein!» – Er weiß schon, was ihm blüht. Und redet in Zungen, ganz schnell. «Wo ist der Korks? Erst muß ich den Korks haben! Also zuerst den Korks!» Der ‹Korks› wird ihm gereicht – er beriecht ihn, er schnuffelt an der Flasche, er trinkt den Wein und schmeckt ab; man kann es an seinen Augen sehen, in denen seltsame Dinge vorgehen. Urteil: «Ich hab gleich gesehen, daß die Herren keine Bocksbeuteltrinker sind! Der Wein ist gut.» Berufung … «Der Wein ist gut!» – Revision … «… ist gut!» Raus.

Da sitzen wir nun. Ein mitleidiger Gast, der bei dem Wirte wundermild zur Kur weilt, sieht herüber. «Darf ich einmal versuchen–?» Er versucht. Und geduckten Rückens sagt dieser Feigling: «Meine Herren, der Wein schmeckt nicht nach dem Korken! Wenn er nach dem Korken schmeckt, *dann möpselt es nach* –!» Natürlich möpselt es. Wir hatten keine Ahnung, was das Wort bedeutete – aber es ging sofort in unsern Sprachschatz über. Jeder Weinkenner muß wissen, was ‹möpseln› ist. Aus Rache, und um den Wirt zu strafen, trinken wir noch viele, viele Flaschen Steinwein, von allen Sorten, und alle, alle schmecken sie nach Sonne.

Lichtenau; Sonntag. Bei uns dreien möpselt es heute heftig nach.

In einem Weindorf; Montag. Auf der Post liegt

ein Brief der schwarzen Prinzessin, den haben sie mir nachgeschickt. Sie sei zufällig in Franken; sie habe gehört, daß ich … und ob ich nicht vielleicht … und ob sie nicht vielleicht … Hm. Sie liebt, neben manchem andern, inständig ihr Grammophon, das ihr irgendein Dummer geschenkt hat. Einmal spielte das Ding – mit der allerleisesten Nadel – die ganze Nacht. Sie hat da so herrliche amerikanische Platten, auf denen die Neger singen. Eine, das weiß ich noch, hört damit auf, daß nach einem infernalischen Getobe von Gegenrhythmen der Bariton eine kleine Glocke läutet, die Musik verstummt, er läutet noch einmal und sagt: «No more!» Ich telegrafiere ihr.

Abends ist Festessen. Wir haben uns eine Gans bestellt, die aber ohne inwendige Äpfel erscheint. Eine Gans für drei Mann ist nicht viel – besonders wenn einer so viel ißt wie Jakopp, so schnell wie Karlchen, so unappetitlich wie ich. Wir nehmen uns gegenseitig alles weg; den Wirt grausts. Jakopp hat die s-Krankheit. Er sagt ‹Ratshaus› und ‹Nachtstopf› und ‹Bratskartoffeln›. – «Das sind Bratskartoffeln, wie sie der Geheimrat Brats aus Berlin selbst erfunden hat.» Beim Würfeln gewinne ich furchtbar, und die beiden wollen nicht mehr mit mir spielen. They are bad losers.

Heimbuchenthal; Dienstag. Wie arm hier die Menschen sind! Alle Kinder sehen aus wie alte Leute: blaß, gelb mit trüben Augen.

Zu Fuß gehen ist recht schön. Manchmal sagen wir gar nichts – wir haben uns ja auch alles gesagt. Wir freuen uns nur, daß wir beisammen sind. Stellenweise hält einer ein Kolleg, keiner hört zu. Manchmal ... wenn Männer untereinander und allein sind, kommt es vor, daß hie und da einer aufstößt. Es ist sehr befreiend. Bei einer Freundschaft zu dritt verbünden sich meist zwei gegen den Dritten und fallen über ihn her. Das wechselt, die Fäden laufen auf und ab, teilen sich und vereinigen sich; die Dreizahl ist eine sehr merkwürdige Sache. Eine Vierzahl gibts nicht. Vier sind zwei oder viele.

Würzburg; Mittwoch. Abschiedsbesuch in der Residenz; das grüne Spielzimmer mit den silbernen Wänden, unter dem Grün glänzt das kalte Silber in metallischem Schein. Hier hat Napoleon geschlafen ... schon gut. Das Gehen fällt uns nicht leicht – der Steinwein fällt uns recht schwer. Die älteren Jahrgänge vom Bürgerspital wollen getrunken sein. Wir trinken sie.

Würzburg; Freitag. Ich habe die beiden auf die Bahn gebracht, mit dem festen Vorsatz, sie nie wiederzusehen. Welche Säufer! Jetzt rollen sie dahin: der eine in sein hamburger Wasserwerk, der andere in sein Polizeipräsidium. Der gibt sich als ein hohes Tier aus; ist wahrscheinlich Hilfsschutzmann. Und mit so etwas muß man nun umgehen! Um Viertel vier läuft die Prinzessin ein.

Veitshöchheim; Sonnabend. Die Sonne strahlt in den Park, die Putten stehen da und sehen uns an, die Prinzessin plappert wie ein Papagei. Sie sagt ‹daddy› zu mir, eigentlich höre ich das gerne. Nun ist die Sonne röter, der Abend zieht sachte herauf, und die Prinzessin wird, wie immer, wenn es auf die Nacht geht, Mutter und Wiege und Zuhause. Wir sagen gar nichts – wir haben uns lange nicht alles gesagt, aber das muß man auch nicht, zwischen Mann und Frau. Der 25er wirft uns fast um. Wir fahren nach Würzburg zurück, das Grammophon spielt, Jack Smith flüstert, und ich höre allen

Atelierklatsch aus ganz Berlin. Gute – – Wie bitte? Gute Nacht.

Würzburg, den ich weiß nicht wievielten. Auf einmal ist alles heiter, beschwingt, vergnügt – die Läden blitzen, wir trinken mit Maß und Ziel, ich pfeife schon frühmorgens in der Badewanne. Wir werden noch aus dem Hotel fliegen – das tut kein verheirateter Mann.

Auf der schönen Mainbrücke steht ein Nepomuk – wir gehen hin und legen ihm einen Glückspfennig zu Füßen, um die Ehrlichkeit des Heiligen und der Bevölkerung zu prüfen. Morgen wollen wir nachsehen … (Wir sehen aber nicht nach, und nun liegt der Pfennig wohl heute noch da.) Die Prinzessin lugt schelmisch in die Schaufenster und unterhält sich auffallend viel über Damenwäsche, Kombinations, seidene Strümpfe … Der schönste Schmuck für einen weißen Frauenhals ist ein Geizkragen.

Gar kein Ort; gar keine Zeit. – – – –

Zwischen Nancy und Paris; heute. Der Abschied war gefühlvoll, unsentimental, wie es sich gehört. Jetzt flutet das alles vorbei, in schweren Wellen: Jakopp und das vom Wein leicht angegangene Karlchen; die Barockpuppen im Park der Residenz, das Wasserschloß und der möpselnde Mann; Lichtenau und Miltenberg. Es ist sehr schwer, aus Deutschland zu sein. Es ist sehr schön, aus Deutschland zu sein. Ich sage: «Nun dreh dich um und schlaf ein!» Sie dreht sich, aber zu mir. Gibt die Hand. Am Morgen ist das erste, das ich sehe, ein gelbes seidenes Haarnetz. Und ein Mund, der vergnügt lächelt. Wie die Bahn rattert! Tackt wie eine Nähmaschine, Takt und Gegentakt. Der Neger singt: «Daddy – o Daddy!», die Musik arbeitet, eine kleine Glocke läutet, jemand sagt «No more», und dann ist alles zu Ende.

Der letzte Tag

Heute bin ich schon den ganzen Tag fein angezogen, denn heute abend fahren wir fort – dies ist der letzte Tag an der See. Ich komme mir so unwohnlich in meinen Stadtsachen vor … Vier Wochen lang bin ich hier bunt wie ein Gockelhahn herumgelaufen, mit gestreiften Strandjacken und ultravioletten Jacketts und weißen Hosen – mitunter trug ich auch den hellgrauen Anzug, den ich mir einst von einer Weihnachtsgratifikation des Herausgebers zugezogen habe, das Ding sah schon am zweiten Tag aus wie ein stark benutzter Sack. Und jetzt bin ich so fein –

Ich gehe noch einmal durch alle Sträßchen und auf die Mole und an den Strand und an die große Bucht und an meine kleine Privatbucht. Die Erinnerungen der vier Wochen lösen sich wie Briefmarken, die man aufgeklebt und gleich wieder heruntergenommen hat. Sie haben die Gegenstände noch nicht infiltriert, sind noch nicht aufgesogen worden – sie fallen ganz leicht ab. Hier hat die kleine Engländerin, die wie ein Junge aussieht, gesagt: «Perhaps –», was doch bekanntlich auf Damen-Englisch «Ja –» heißt – und am nächsten Tag fuhr sie ab. Aber der schmale Felsweg und dies ‹Perhaps› sind noch nicht eins geworden, sind nicht untrennbar miteinander verbunden, sondern sie sagte es, zufällig, hier, und der Felsweg ist ganz ohne sie auch denkbar. Stolz gehe ich vorbei.

Stolz an den bunten Windzelten, die, wenn der Wind sie füllt, aussehen wie Araberturbane; stolz am Tabakladen vorbei, wo die alte Frau mir Schokolade, Claude Farrère, Streichhölzer und alle vierundneunzig Zeitungen aus Paris verkauft hat. Zur Käsefrau, die immer so viel spricht und so liebenswürdig-streng mit mir war, gucke ich gar nicht mehr hinein; die schwarze Katze vom Obstmann grüße ich nicht zurück, sie sieht mir verwundert nach. Da unten liegt, noch einmal, das Meer.

Die langen Stunden, in denen gar nichts geschah, wo nur der Wind, das arme Ding, über mich hinwegfächeln mußte – wo die Sonne den Bauch erst beschien, dann bestrahlte, dann in eine wie Feuer brennende Tomate verwandelte, schließlich ging er braun wie eine Kaffeebohne unter. Das ist ein schönes Bild. Die langen Stunden, wo der verschleierte Blick ins Wasser sah, die Linie am Horizont nach nichts absuchend, wo die Sandkörner rieselten und die Strandhüpfer unendlich geschäftigen Geschäften nachhüpften, sie kamen sich sicherlich sehr amerikanisch vor. Wenn man genau hinhorchte, konnte man sie etwas vom ‹Rhythmus dieser Zeit› wispern hören. Die leeren Stunden, wo sich Energie, Gehirnschmalz, Verstand und Gesundheit gewissermaßen aus dem Reservoir des Nichts ergänzten, aus jenem geheimnisvollen Lager, das eines Tages leer sein wird. «Ja», wird dann der Lagermeister sagen, «nun haben wir aber nichts mehr …» Und weil ich nicht schon vorher auf die leisen Warnungen des Ressorts gehört habe, werde ich mich dann wohl hinlegen müssen … Die langen Stunden –

Da kehre ich mich auf dem Absatz meiner dicken Reisestiefel um, sehe das Meer kaum an, streife es so mit einem fast beleidigenden

Blick: «Ich bin ein Stadtmensch, kennst du meine Schlipse?» und nun kenne ich es auf einmal nicht mehr.

Wenn Sie mich fragen, wo ich diesen Sommer war, werde ich gleichgültig antworten: «Irgendwo – in der Bretagne – an der See –»

Herr Wendriner

Herr Wendriner kauft ein

«… 'n Abend … ne schöne Fülle hier … Na, wollen mal sehen … Drängeln Se doch nich so … Nein, ich drängle gar nicht! … Ochse! … Unglaublich. Wir kommen ja gleich ran, wir waren zuerst hier. Warten Sie auch nochn bißchen? ne Goldgrube, diß Geschäft, was meinen Sie! Die verdienen hier, was se wolln. Ja – nun habe ich den Leuten geschrieben, wenn sie die Hypothek per 15. übernehmen, dann werde ich die Sache machen. Die Leute sind gut – aber bei der jetzigen Stagnation, kein Mensch hat Geld … Wem sagen Sie das! Ich hab den Leuten erklärt: Entweder ihr entschließt euch gleich, oder ich gehe raus – Frollein! Frollein, ja wir waren zuerst da. Padong! … Also zuerst mal von den Sardellen hier – sind se auch frisch? Na gut, ein halbes. Entweder ihr entschließt euch gleich, oder die Provision geht zu euern Lasten – nicht so kleine, Frollein, ja mehr von unten! Und dann ein halbes Pfund Gemüsesalat … Wissen Se, in der Woche eß ich immer mit meiner Frau zu Hause, es ist billiger, und man weiß doch, was man hat. Ich habe heut abend noch ne Konferenz, und vorher will ich noch essen. Gefüllte Tomaten – nee. Aber 'n bißchen Aufschnitt können Sie mir geben. Haben Sie die gesehn? Erinnert ein bißchen an die Klara von Fritz. Die Frau ist schon fabelhaft. Wissen Se, wenn ich noch so wär wie früher – aber man hat ja so viel zu tun … Nu sehen Sie sich das Stück dahinten an! Eine dolle Angelegenheit! Schweinebraten, Frollein, aber nicht so fett. Ja, Schüh auch. Nein, die Sache ist noch nicht abgeschlossen – wissen Sie, steuertechnisch ist das nicht ganz einfach – aber wir haben da einen sehr tüchtigen Syndikus … Jäck macht noch Schwierigkeiten – immer gibt er Konterorders. Ein Fläschchen englische Sauce, Frollein, aber recht scharf! Gott, ich hab ihn genommen, weil ich mir gesagt habe: Er hält mir wenigstens die Angestellten zusammen. Sie, Sie kennen doch auch den Lachmann? Kommt doch der junge heute morgen zu Jäck und will Gehaltszulage haben! Wie finden Sie das? Von den Kallwill-

Äpfeln, Frollein! Ich hab mir aber den Jungen vorgenommen! Jetzt, in dieser Zeit – was denkt sich so ein Bengel eigentlich …? Waren Sie schon in den neuen Revuen? Da soll sich ja was tun! Wir gehn Sonnabend. Ich will mal sehen, ob ich nicht durch Lachmann ermäßigte Billetts kriegen kann. Haben Se gelesen, heute im Achtuhrabendblatt, mit den Gespenstern? Okkultismus – ich weeß nich … Sie? Wer singt da auf der Straße? Kommunisten? Ich denke, das ist vorbei? Ach so, bloß Wandervögel! Sie – heute hab ich die Reichswehr vorbeiziehn sehn, die sind da an unserm Geschäft langgekommen – ich sage Ihnen: fabelhaft! Wie früher! Sehr gut. Na, der Hindenburg macht seine Sache schon ausgezeichnet, das muß man ihm lassen. Prozeß in Leipzig? … Ich weiß nicht – nu geben Sie schon den Zettel her! … Ich lese keine Politik. Nee, wissen Se, grundsätzlich nicht. Man hat ja nichts wie Ärger davon. Vierundzwanzig achtzig, wieso? Ach so – ja. Kommen Se, da kommt die Neun! Ich weiß nicht, ich hab wieder meine Leberbeschwerden beim Gehen – ich muß doch mal zum Spezialisten. Nein, wir haben einen sehr guten, einen Vetter von meiner Frau. Eine erste Kapazität. Er nimmt fünfzig Mark für eine Konsultation. Na – mir macht ers natürlich billiger. Wissen Sie, hier oben fangen die Schmerzen an, und da unten hören sie auf. Nachts gar nicht – bloß am Tage. Dabei leb ich schon diät. Was haben Sie? Neuralgie? Sollten Se mal ein heißes Bad nehm. Grüßen Sie Ihre Frau! Atchö.

Auch 'n Mensch. Wissen möcht ich: wovon lebt der eigentlich –?»

Herr Wendriner erzieht seine Kinder

«… Nehm Sie auch noch'n Pilsner? Ja? Ober! Ober, Himmelherrgottdonnerwetter, ich rufe hier nu schon ne halbe Stunde – nu kommen Se doch ma endlich her! Also zwei Pilsner! Was willst du? Kuchen? Du hast genug Kuchen. Also zwei Pilsner. Oder lieber vielleicht – na, is schon gut. Junge, sei doch mal endlich still, man versteht ja sein eignes Wort nicht. Du hast doch schon Kuchen gegessen! Nein! Nein. Also, Ober: noch'n Apfelkuchen mit Sahne. Wissen Se, was einem der Junge zusetzt! Na, Max, nu geh spielen! Hör nicht immer zu, wenn Erwachsene reden. Zehn wird er jetzt. Ja, also ich komme nach Hause, da zeigt mir meine Frau den Brief. Wissen Sie, ich war ganz konsterniert. Ich habe meiner Frau erklärt: So geht das auf keinen Fall weiter! Raus aus der Schule – rein ins Geschäft! Max, laß das sein! Du machst dich schmutzig! Der Junge soll den Ernst des Lebens kennenlernen! Wenn sein Vater so viel arbeitet, dann kann er auch arbeiten. Wissen Se, es is mitunter nicht leicht. Dabei sieht der Junge nichts andres um sich herum als Arbeit: morgens um neun gehe ich weg, um halb neun, um acht – manchmal noch früher – abends komme ich todmüde nach Hause ... Max, nimm die Finger da raus, du hast den neuen Anzug an! Sie wissen ja, die große Konjunktur in der Zeit, das war im Januar, dann die Liquidation – übrigens: glauben Sie, Fehrwaldt hat bezahlt? 'n Deubel hat er! Ich habe die Sache meinem Rechtsanwalt übergeben. Der Mann ist nicht gut, glauben Sie mir! Ja, also mein Ältester ist jetzt nicht mehr da. Max, laß das! Angefangen hat er bei ... Also hören Sie zu: ich hab ihn nach Frankfurt gegeben, zu S. & S. – kennen Sie die Leute auch? – und da hat er als Volongtär angefangen. Ich habe mir gedacht: So, mein Junge, nu stell dich mal auf eigne Füße und laß dir mal den Wind ein bißchen um die Nase wehn – Max, tu das nicht! – jetzt werden wir mal sehn. Meine Frau wollte erst nicht – ich bin der Auffassung, so was ist materiell und ideell sehr gut für den Jungen. Er liest immer. Max, laß das! Ich habe gesagt:

Junge, treib doch Sport! Alle deine Kameraden treiben Sport – warum treibst du keinen Sport? Ich komme ja nicht dazu, mit ihm hinzugehn, mir täts ja auch mal sehr gut, hat mir der Arzt gesagt, aber er hat in Berlin doch so viel Möglichkeiten! Max, laß das! Was meinen Sie, was der Junge macht? Er fängt sich was mit einer Schickse an aus einem Lokal; nem Büfettfräulein, was weiß ich! Max, was willste nu schon wieder? Nein, bleib hier! Du sollst hierbleiben! Max! Max! Komm mal her! Du sollst mal herkommen! Max, hörst du nicht? Kannst du nicht hören? Du sollst mal herkommen! Hierher sollst du kommen! Komm mal her! Hierher. Was hast du denn? Sieh dich vor! Jetzt reißt der Junge die Decke … ei weh, der ganze Kaffee auf Ihre Hose! Kaffee macht keine Flecke. Du dummer Junge, warum kommst du nicht gleich, wenn man dich ruft! Jetzt haste den ganzen Kaffee umgeworfen! Setz dich hin! Jetzt gehste überhaupt nicht mehr weg! Setz dich hin! Hier setzte dich hin! Nicht gemuckst! Gießt den ganzen Kaffee um! Hier – haste'n Bonbon! Nu sei still. Ja – er war schon immer so komisch! Bei seiner Geburt habe ich ihm ein Sparkassenkonto angelegt – meinen Sie, er hats einem gedankt? Schule – das wollt er nicht! Aber Theater! Keine Premiere hat er versäumt, jede Besetzung bei Reinhardt wußte er, und dann Film … Nee, wissen Se, das war schon nicht mehr schön! Ja, nu hat er mit der … em … Max, sieh mal nach, ob da vorn die Lampen schon angezündet sind! Aber komm gleich wieder! Mit dieser Schickse geht er los! Natürlich kostet das 'n Heidengeld, können Se sich denken! Nu, es sind da Unregelmäßigkeiten vorgekommen – ich hab ihn wegnehmen müssen, und jetzt ist er in Hamburg. Ach, wissen Se, ich hab schon zu meiner Frau gesagt: Was hat einem der liebe Gott nicht zwei Mädchen gegeben! Die zieht man auf, zieht sie an, legt sie abends zu Bett, und zum Schluß werden sie verheiratet. Da hat man keine Mühe. Und hier! Nichts wie Ärger! Max! Wo bloß der Junge bleibt! Max! Wo warst du denn so lange? Setz dich hierhin! Der Junge ist noch mein Grab – das sage ich Ihnen. Kommen Se, es ist kalt, wir wollen gehn.

Ich frage mich bloß eins: diese Unbeständigkeit, diese Fahrigkeit, diese schlechten Manieren – von wem hat der Junge das –?»

Herr Wendriner hat Gesellschaft

«Auf Wiedersehn, Frau Doktor! Auf Wiedersehn, Herr Welsch! Kommen Sie gut nach Hause, guten Abend! Gunahmt …! Uff.

Wieviel Uhr ist es? Herrgott, Viertel zwei! Mannheimers wollten um halb eins gehen, was hast du sie genötigt, noch zu bleiben …? Der Rotwein muß zugekorkt werden, der ist noch sehr gut. Hua – bin ich müde! Hast du die Korridortür zugeschlossen? Wer kommt da? Ach so, Marie. Na, Marie? Sind Se zufrieden, ja? Mach mal die Tür zu. Ich bin überzeugt, daß Gerolds nicht zwei Mark gegeben haben, die Frau ist derartig knickrig … Vera sah heute abend sehr gut aus, fandst du nich? Bis auf die Pickel – daß das Mädchen gar nichts dafür tut! Den Schlüsselring? Hab ich nich gesehn. Immer verlegste den Schlüsselring! Sieh doch mal im Nachttisch nach oder im Herrenzimmer! Nein, ich hab ihn nicht! Wie oft soll ich noch … Halt deine Sachen zusammen! Übrigens: Tante Jenny lad ich zu so nem Abend nicht mehr ein. Was frißt diese Person! Das ist ja fürchterlich! Bitte, das ist deine Verwandtschaft. Meine Verwandtschaft frißt nicht, die macht bloß Pleite. Haste die Schlüssel? Na, Gott sei Dank. Paß doch bloß auf deine Sachen auf! Der Hasenbraten war ganz gut, findste nich? Das Eis war ein bißchen zerlaufen, das Mädchen muß besser aufpassen. Mit dem Likör hat mich der Marschall schön angeschmiert! Hat mir da erzählt, das wär eine Ausnahme und nur für mich – nicht zu trinken das Zeug. Nu ja – es muß ihnen doch geschmeckt haben, es ist fast gar nichts mehr drin in der Flasche. Schade. Wo ist denn mein Zigarrenetui? Hanne! Hanne! Haste mein Zigarrenetui nicht gesehn? Wo ist denn mein Zigarrenetui? Wahrscheinlich gestohlen. Natürlich, wo solls denn sonst sein – ich habs doch noch eben … mach mich nicht nervös! Such lieber. So ein gutes Etui! Vielleicht hats einer aus Versehen mitgenommen … ach, da ist es. Was packste denn noch so spät in der Nacht? Laß das das Mädchen morgen machen, nu komm zu Bett. Regierers scheinen übrigens die Geschichte mit

Oskar doch zu wissen, ich hab gehört, wie sie über den Tisch zu Lotte gesagt hat: ‹Alte Möbel sind noch keine Mitgift!› Frechheit. Hast du übrigens den Doktor Landmann gefragt, was du für die Bronchien tun sollst! Hätt ich ruhig getan – lächerlich. Für was ist der Mann Arzt? Jack lad ich nicht mehr ein – das sag ich dir –, allen Leuten will er seine Versicherungspolicen andrehn. Bei mir macht man keine Geschäfte, im Salon macht man keine Geschäfte. Ich hab übrigens vorhin mit Bräunling gesprochen: er sagt, Meyerhold will das Aktienpaket nicht nehmen, das, von dem ich dir erzählt habe. Nu hör doch schon mit dem Packen auf, es ist halb zwei. Haste das Tageblatt? Fritz sagt, der Artikel von T. W. wär heute so gut – ich wern mal lesen. Was sollen denn die ganzen Flaschen hier aufm Klosett? Laß doch mal die Flaschen rausnehmen … Nu ist das Mädchen schon zu Bett! Die Flaschen hättste aber wirklich vorher rausnehmen lassen können – wo soll ich denn jetzt hier sitzen? Hanne! Wo ist der Kurszettel? Der Kurszettel liegt nicht dabei! Wie konntste übrigens zu Paul sagen, daß Meinicke uns Extrapreise macht! Du weißt doch, daß er morgen hinläuft, und mir macht Meinicke dann Vorwürfe! Nein, dir nicht! Mir. So –! Da stell die Flaschen nicht hierher! Nu heb schon mit auf – die ganze Badewanne ist grün, das geht nie wieder raus! Diese Gesellschaften! Es wird schon wieder rausgehn – stell dich nicht so an! Das hat alles in allem mindestens zweihundert Mark gekostet! Ich will gar nicht eingeladen werden – krieg ich dadurch mein teures Geld wieder? Außerdem revanchieren sich zum Beispiel Siegels nie – mal is ein Kind krank, mal haben sie kein Mädchen, soviel Ausreden möcht ich auch mal haben! Aber für die nächsten acht Wochen is nu Schluß mit Gesellschaft, das kann ich dir sagen! Nu mach, ich muß morgen früh aufstehen – komm schon, geh schon zu Bett. Ich komm gleich nach. Ich will bloß noch den Artikel lesen. Tritt da nicht rein. Ich bin froh, daß die Ferien kommen – ich kann sie schon alle gar nicht mehr sehn. Na – in Garmisch werden wir ja unsre Ruhe haben. Meyerholds kommen übrigens auch hin. Welschs auch, und der alte Regierer. Vielleicht bringt Lotte Greten mit. So ist man wenigstens nicht verraten und verkauft, da unten. Hanne! Hanne! Es ist wieder kein Papier da …! Jetzt hat die Gesellschaft sogar das ganze Papier aufgebraucht! Na laß man – ich nehm die Zeitung …!»

Herr Wendriner diktiert einen Brief

Für Curt Friedmann

«Da hats geklingelt. Gehn Sie mal hin – wer ist das? Frollein Lachmann? Sehr gut. Da kann sie gleich mal ... Das wär ja noch schöner! Dem wer ich das besorgen. Dreihundert Mark, der Mann ist wohl verrückt! Da glauben sie, weil man 'n Pelz anhat, man verdient wer weiß was! Vielleicht hat er auch's Auto vor der Tür stehn sehn! ... Dreihundert Mark! Was hat er denn schon groß gemacht? Gib mal her die Liquidation – 'n Morgen, Frollein Lachmann ... nein, nichts Besonderes ... ich geh heut nicht ins Geschäft, ich fühl mich nicht wohl. Alles in Ordnung? Was? Was? Freutel ist nicht gekommen? Wieso ist er nicht gekommen? Er hat telefoniert, er hat Grippe? Deswegen braucht er doch nicht gleich zu Haus zu bleiben – da kämen wir ja weit, wenn jeder gleich zu Haus bleibt, wenn ihm was fehlt. Ja, ich hab son komisches Gefühl im Hals, so Schmerzen beim Schlucken, nein, es ist weiter nichts, meine Frau hat mir schon in'n Hals gesehen. Also schreiben Sie mal gleich. Hanne! Hanne! Ich hab dir doch gesagt, du sollst mal die Liquidation von dem Kerl hergeben – wo isse denn nu? Gib mal her. So. Und nu stör hier nicht, ich will jetzt hier diktieren. Legen Sie die Post – haben Sie die Post mitgebracht? – legen Sie mal dahin, inzwischen ... ist was dabei? Na, nachher. Also schreiben Sie mal:

‹Herrn Professor Braun. Hier. Im Besitz Ihrer –› Nein, keine Anrede! ‹Im Besitz Ihrer Rechnung› – nein: ‹Im Besitz Ihrer Liquidation vom –› warten Sie mal – ‹vom sechzehnten dieses Monats spreche ich Ihnen mein Erstaunen aus, – ööm –, daß Sie als Arzt mir eine derartige Rechnung schicken.› Schicken. Schicken. ‹Sie scheinen nicht zu wissen ...› Hanne! Hanne! Komm mal rein. Wie oft war er bei dem Kind? Was? Jeden Tag? Natürlich jeden Tag, wenn das Kind krank war. Wie oft? Warte mal – am achtzehnten waren die Flecken im Hals, das weiß ich noch, weil sie an dem Tag den Diskont raufgesetzt haben, achtzehnten, neunzehnten das wäre also … – wann war er zum letzten Mal hier? Vor vier Wochen? Eine Frechheit, einem schon nach vier Wochen die Rechnung zu schicken! Wer zahlt mir? Dann ist er also achtzehn, nein, neunzehn Mal ist er dagewesen. – Was sagen Sie, Frollein Lachmann? Der März hat einunddreißig Tage? Dafür kann ich nichts. Also schreiben Sie. ‹Herrn Professor Braun.› Nein, keine Anrede. Doch: Anrede. ‹Sehr geehrter Herr Professor! Im Besitz Ihrer – mnöö – offenbar irrtümlichen Liquidation vom sechzehnten dieses Monats spreche ich Ihnen› – was hab ich gesagt? – ja – ‹spreche ich Ihnen mein Erstaunen aus, daß Sie als Arzt mir eine derartige Liquidation schicken›, nein: ‹ze senden wagen.› So! ‹Sie scheinen zu vergessen, daß unsere Margot lediglich einen kleinen Halskatarrh hatte, untä – und daß das Kind heute gesund ist› … was? … ‹was nicht der Fall wäre, wenn es ein ernsterer Fall gewesen wäre.› Hanne, jetzt geh, du störst hier! Nein. ‹Ich fordere Sie auf› – jetzt lauf doch nicht immer raus! vielleicht brauch ich dich noch! – ‹ich fordere Sie auf, mir einen wesentlich mäßigeren Preis – öh – zu machen, da ich die Sache sonst meinem Rechtsanwalt ...› Was hat er denn dem Kind schon gemacht? Er hat ihm in den Hals geguckt, ach! erzähl mir doch nichts! Was? Das war doch keine Operation! Das war ein Eingriff, das hat er selbst gesagt – ein ganz belangloser Eingriff, das Kind hat ja kaum geschrien, das hast du mir ja selbst erzählt! Was? Was bin ich mir schuldig? Jetzt stell dich noch auf die Seite von dem Mann! Er als Arzt muß wissen, was er seinen Patienten zumuten kann! Überhaupt die modernen Ärzte! Was können sie denn schon? Wie Jenny damals Wasser im Bauch gehabt hat, daß mans durch alle Zimmer hat gluckern hören, da haben sie um das Bett rumgestanden, und keiner hat ... Frollein Lachmann ist lange genug im Geschäft, die kann das ruhig hören! – Laß mich in Ruh mit den Ärzten! Na ja, im Krieg – da sind sie ja manchmal ganz nützlich gewesen, aber wir haben jetzt keinen Krieg. Neulich stand in der Zeitung, bei den Chinesen werden die Leibärzte so lange bezahlt, wie der Patient gesund ist, und wenn er krank wird, kriegen sie nichts mehr ... sehr vernünftig, was meinst du, würde der Professor Braun ... Ich habn bloß kommen lassen, weil Regierer gesagt hat, er schwört auf ihn ... vorher war ich bei Jensen, ich könnt mir was antun, daß ich da weggegangen bin! Wüllner! Wüllner versteht einen Dreck, der ist bloß Hausarzt. Wenn ihr mich immerzu unterbrecht, kann ich nicht diktieren! Also schreihm Se. ‹Sehr geehrter Herr Professor! Im Besitz Ihrer Liquidation von sechzehnten dieses Monats erlaube ich mir – immm – Ihnen mitzuteilen, daß ich dieselbe leider nicht anerkennen kann. Mir scheint sie in Anbetracht der stattgefundenen achtzehn ...› nein! schreiben Sie: vierzehn! – ‹vierzehn Besuche sowie in Anbetracht meines Einkommens reichlich – öh – hoch, und möchte ich Sie bitten ...› Der Mann behandelt die ganze Börse, der wird einen guten kaufmännischen Brief schon verstehen. Red nicht immer dazwischen ... Angst gehabt! Angst gehabt! Natürlich, wenn ein Kind Flecken im Hals hat, hat man Angst. Wieso? Was heißt Dankbarkeit? Er ist Arzt, das ist sein Beruf, dafür kriegt er bezahlt! Das wäre ja noch schöner! Wer ist mir dankbar! Das Leben ist kein Kinderspiel. Er hat ja gute Leute, das ist wahr: Simons und Löwenbergs und Regierer – wissen möcht ich, wovon Regierer sonen teuern Arzt bezahlt. Dem macht er wahrscheinlich nicht so hohe Rechnungen ... Also schreihm Se. ‹Sehr geehrter Herr Professor! Im Besitz Ihrer werten Liquidation vom sechzehnten dieses Monats erlaube ich mir, Ihnen mitzuteilen, daß – eh – daß es mir in Anbetracht der derzeitigen Wirtschaftslage sowie des nur kleinen Eingriffs bei dem Kind lieb wäre, – mmm – wenn Sie dieselbe zu ermäßigen in der Lage wären. Ich erlaube mir, Ihnen anliegend einen Scheck› – wo ist denn wieder das Scheckbuch? ach so! – ‹einen Scheck über hundert Mark zu übersenden, und hoffe ich – öö – daß die Angelegenheit damit erledigt ist. Mit vorzüglicher Hoch –› Er wird die hundert Mark einstecken und mir gar keine Ungelegenheiten machen, das sag ich dir! Hundert sind reichlich, der Mann arbeitet mit zweihundert Prozent Verdienst, son Geschäft möcht ich auch mal haben ... Ach, wem wird er denn das schon erzählen! Dafür hat er viel zu viel zu tun. Ich bin fest davon überzeugt, daß er die Rechnung gleich so hoch angesetzt hat, weil er genau weiß, daß ers mit Kaufleuten zu tun hat – da ist er doch gewöhnt, daß man sie runtersetzt. Wenn auch. Also gut: zweihundert.

Schreihm Se: ‹einen Scheck über zweihundert›. Aber nicht einen Pfennig mehr! Er soll froh sein, daß man so prompt bezahlt! Das seh ich überhaupt nicht ein, daß ich gleich zahl – wer zahlt denn nach vier Wochen! Die Reichsbank. Seh ich aus wie die Reichsbank? Meinst du, er wird doch drüber sprechen? Das Kind wär auch so gesund geworden, was hats denn schon gehabt? 'ne kleine Erkältung. Fieber? Lächerlich! Dem sein Thermometer! Diphtherie sagen sie, und Husten meinen sie. Dreihundert Mark ... frag mal Frollein Lachmann, wie lange wir im Geschäft dafür arbeiten müssen, bis wir dreihundert Mark verdienen! Das ist kein kaufmännischer Standpunkt! Vom kaufmännischen Standpunkt ... Die Leute können von unsereinem noch immer was lernen. Die Leute sollen Lehren annehmen und nicht alles besser wissen wollen, dabei lernen sie. Ich komme gewiß viel herum, ich habe praktische Erfahrungen und kaufmännisches Wissen ... Überhaupt: Wenn mans im Leben zu was bringen will, muß mans zu was gebracht haben –! Das ist mein Standpunkt. Also mir wächst schon die ganze Halsgeschichte zum Hals raus, man ist doch nicht der Affe von dem Mann, ich habe meine Nerven nicht gestohlen, wenn man ne verantwortliche Position hat, dann muß man eben … Ich will nichts mehr davon hören! Einmal und nicht wieder! Das nächste Mal geh ich zu Jensen. Welsch sagt auch, Jensen is unsere erste Kapazität. Dann paß besser aufs Kind auf, dann wirds nicht krank werden. Wer ist überhaupt an allem schuld? Du –! Dafür geh ich nicht ins Geschäft, um für die Ärzte zu arbeiten. Dafür ist mir mein Geld zu schade. Hat Kistenmacher den Wein für heute abend geschickt? Dann telefonier – Du weißt, daß mir daran liegt … Lehmann versteht was von Wein, er hat erst neulich gesagt: ‹Komisch, in jüdischen Häusern gibts immer so gut zu essen und so schlecht zu trinken!› Aufgewachsen bei. Du warst doch bei ihm – nein, nicht bei Kistenmacher, bei Braun! Ist er denn wenigstens modern eingerichtet? Ein Arzt ohne Apparate ist überhaupt kein Arzt. Is ja doch fabelhaft, wie weit sie in der letzten Zeit fortgeschritten sind. Neulich hab ich gelesen, sie können jetzt sogar Diphtherie auf Blattläuse übertragen, oder wars umgekehrt? jedenfalls is es ein fabelhafter Fortschritt. Was, Frollein

Lachmann? Ihnen hat auch schon mal ein Internist geholfen? Na, sehn Sie. Ich weiß nicht, was das mit dem Schlucken ist – Hanne, hol mir mal 'n Spiegel! Von den Internisten halt ich ja im allgemeinen nicht viel – oben gucken sie rein, und unten kommt nichts raus. Aber die Chirurgen – wissen Sie: was weg ist, wächst nicht nach, hat mein seliger Vater immer gesagt. Recht hat er gehabt. Also denn schreiben Sie mal. Das streichen Sie aus. Nein, das Ganze, und nu schreiben Sie … So. Und lesen Sie nochmal vor. Wie sieht der Brief jetzt aus –?

‹Herrn Professor Dr. Braun
Hier
Sehr geehrter Herr Professor!
Im Besitz Ihrer Liquidation vom 16. d. M. erlaube ich mir, Ihnen in der Anlage einen Scheck über Mark 300,– (Dreihundert) mit bestem Dank für die ausgezeichnete Behandlung zu übersenden.
Mit vorzüglicher Hochachtung
Ihr sehr ergebener
H. Wendriner›»

Das Lottchen

Lottchen besucht einen tragischen Film

«Setz dich nicht auf meine Tasche. Laß mich mal dahin. Ist das noch Wochenschau? Was? Wie? Das ist noch Wochenschau, was? Also wie ich dir sage: ich würde die Möbel nicht in Holland kaufen. Du kennst das da nicht so, guck mal! ne Feuerwehr! – und überhaupt: hier in Berlin hab ich meine Quellen, mein Freund Käte sagt auch … Wieso? Ich sage: mein Freund Käte – die ist wien Mann. Sag ich dir. Bloß viel netter.

Guck mal: noch ne Feuerwehr. Warum sind in den Wochenschaun soviel Feuerwehren?

Was? Und was kostet überhaupt son Möbeltransport … ich hab mich erkundigt, was das macht, wart mal … ich hab mir das aufgeschrieben … So! jetzt ist mein Notizbuch runtergefallen, heb doch mal auf!

Na, laß mich mal … geh mal weg … geh doch mal weg! Aua! … Ich komm ja gar nicht wieder hoch … war hier was inzwischen? Nee – was?

Das is ja Zimt, was die da spielen, unter uns gesagt … ich hab mir das aufgeschrieben: vierzehn Pfennig pro … jetzt weiß ich nicht mehr, ob es pro Kilo oder pro Zentner war … aber jedenfalls waren es vierzehn Pfennig.

Das ist doch kein Geld, was? Wie? Wenn du so lang wärst, wie du dumm bist, könntst du aus der Dachrinne saufen. Jetzt wirds hell.

Nettes Kino, was? Warum haben sie das so blau gestrichen? Du, die Käte hat sich ein himmlisches Schlafzimmer machen lassen, auch so blau – na 'n bißchen heller, als das da und weißer Schleiflack, wunderbar! Kaufst du mir so was? Nein. Siehst du, solchen Pelz will Lottchen haben, so, wie die da hat – nicht die, du Ochse, die kleine Dicke! Na, sie kann ihn nicht tragen – aber solchen Pelz.

Nu wirds dunkel … kaum, daß man mal was lesen will, wirds dunkel. Daddy, ist das der große Film, von dem sie soviel geschrieben haben? Ja? Is er das? Sei mal ruhig, ich muß mal lesen, wer alles mitspielt. Sei jetzt still, ich muß lesen … Pudowkin – kennst du Pudowkin? Wahrscheinlich ein Russe – was?

Du, bei Lützows haben sie jetzt ein russisches

Dienstmädchen, die kann kein Wort deutsch, nur 'n bißchen französisch. Komisch, was? Jetzt gehts los. Das kann ich dir sagen: wenn meine Tante mir noch einmal so einen frechen Brief schreibt … weißt du, ich gönn ja keinem Menschen was Böses, aber willst du mir vielleicht sagen, wozu so was auf der Welt … Hübsche Person.

Du, der Film kann aber nicht neu sein, son Hut trägt kein Mensch mehr! War auch gar nicht kleidsam – Lottchen hat nie sonen Hut getragen. Daddy, du mußt mir unbedingt noch eine Tasche kaufen; die du mir fürn Abend gekauft hast, ist ja sehr hübsch … aber nun habe ich für den Tag gar nichts. Nein, die brauche ich fürs Auto. Die blaue? die ist für den Nachmittag, für den Vormittag fehlt mir eine!

Für die Stadt! Das verstehst du nicht. Na, ich wers dir sagen: also ich hab mir heute eine gekauft. Du kaufst mir ja doch keine. Das Geld darfst du mir zurückgeben. Na, laß man. Ich sag immer: Lieber arm und reich, als jung und alt. Was steht da –?

AUF MÄNNER, DIE LIEBEN,
KANN MAN NICHT BAUEN.

Sag ich doch immer. Daddy, vorgestern abend war ich mit Spannagel zusammen. Er sah ganz gut aus.

Quatsch – mit dem Mann will ich doch gar nichts mehr zu tun haben; du stellst dich auch an – nur, weil ich mit ihm mal verheiratet war –! Er hat übrigens erzählt, er geht nächstens nach China, er will da den Bürgerkrieg studieren. Sehr interessant, ich hab ihm gesagt, er soll man vorsichtig sein; ich finde, wenn einer in den Krieg geht, muß er vorsichtig sein.

Du, das ist mein Typ. Sei mal still … stör einen doch nicht immer, wenn man sich einen Film ansehen will! Du, das ist mein Typ! Sieht beinah aus wie Tilden. Wunderbare Figur, was? Der hat keinen Bauch, wunderbare Figur. Schade, nu is er weg.

Daddy, mit dem Reichsentschädigungsamt hab ich mir das also folgendermaßen ausgedacht: Wenn die die achtzehn Prozent für die Kriegsguthaben bewilligen, zuzüglich der Nachtragsrente für Kinder, verstehst du? und wenn der Anwalt dann noch durchdrückt, daß die zweite Entschädigungsrate von der ersten so abgezogen wird, daß die Umrechnungsquote bei der Reichsanleihe raufgesetzt wird –: dann kann ich den Ring auslösen!

Du löst ihn mir ja nicht aus. Sage selbst – löst du ihn aus? Du sollst ihn auch gar nicht auslösen. Ich meine bloß so. Aber du löst ihn nicht aus. Guck mal, wo haben sie das aufgenommen? Wahrscheinlich in Frankreich, was? Der Anwalt hat aber gesagt, er kann nicht garantieren, daß der Prozeß noch dieses Jahr zu Ende ist – ich hab ihm gesagt, Peter ist heute zehn Jahre, bis zu seiner Volljährigkeit wart ich noch, aber dann hat meine Geduld ein …

Du lachst! Ich bin eine alleinstehende Frau und muß mir alles allein machen! Na, alles nicht, Ferkel. Hat Karlchen geschrieben? Nicht? Was? Hat er nicht geschrieben? Ich werde ihm mal schreiben: ob er vielleicht seine Bräute so behandelt, wie du mich behandelst.

Karlchen ist eben ein Kavalier. Nein, auch von vorn … laß mir meinen Karlchen! Jakopp ist aber auch sehr nett – überhaupt ich will dir mal was sagen … wenn deine Freunde … Allmächtiger, was kullert die mit den Augen! Du himmlischer Braten! Warum tut sie denn das?

Was? Na, erklär mir das doch mal – wozu gehe ich denn mit einem Mann ins Kino!

Sssst! Was die Leute bloß immer reden, wenn sie im Kino sind! Man versteht ja gar nichts …! Du, warum hat die denn so mit den Augen gekullert, was? Die findest du nett? Na, dein Geschmack … Ich frage mich wirklich manchmal, was du eigentlich an mir hast … Na, ich bin ja dein Irrtum. Das ist mal sicher. Blond bin ich nicht, schöne Beine hab ich auch nicht, sagst du immer – bitte, ich hab sehr gute Beine!

So schöne, wie deine Putti noch allemal! Von Dickchen gar nicht zu reden. Und Musch? Hat Musch vielleicht schöne Beine? Spitze Schuhe hat sie; kein Mensch trägt mehr … Daddy, hast du zu Hause das Licht ausgemacht? Na, denn ist gut. Was steht da?

TRETEN SIE ZURÜCK – NUR ÜBER UNSERE DREI LEICHEN GEHT DER WEG!

Daddy, dabei fällt mir ein, ich muß mir mal von der Käte das Rezept für die Rohkostsuppe aufschreiben lassen – wir haben sie neulich bei Mühlbergs gegessen, wunderbar, ganz schwer, wie Krebssuppe also, das hat einen ausgesprochenen Krebsgeschmack, ist aber ganz vegetarisch … Hast du das gesehn? Hast du das gesehn? Wie die das Pferd rumgerissen hat? Doll. Was? Was spielen die da? Křenek? Mag ich gar nicht. Magst du das? Ich war voriges Jahr da mit Hornemann … du, der Hornemann ist jetzt nach Südamerika gegangen … er schreibt, da tragen die Frauen alle wundervolle Waschseide.

Daddy, du könntest mir eigentlich mal – nein, kauf mir lieber eine Brücke für die Wohnung, weißt du, so eine echte Perserbrücke … na, Daddy, du kannst nicht sagen, daß ich dich mit Wünschen belästige. Ich möchte mal sehn, was du andern Frauen schenkst … Natürlich kriege ich die Wohnung. Das heißt: der Wirt legt noch Berufung ein, weil wir doch Kette tauschen; also Willachs in der Augsburger Straße geben ihre Wohnung gegen einen Abstand an Bernhardt, und Bernhardt tauscht mit Willer, wenn Marie einverstanden ist, heißt das, sie ist aber nicht einverstanden, weil sie sich scheiden lassen will, sie ist jetzt mit Bromberg, sie wird sich aber nicht scheiden lassen, da wäre sie ja schön dumm, und wenn ich nun mit Josenstein über Hippels weg tausche und der Wirt vorher stirbt, und wenn Romel seine Wohnung an mich abgibt –: dann kriege ich die Wohnung.

Laß man: der liebe Gott wird Lottchen schon nicht verlassen. Ich kenne den Mann. Was? Wie? Es ist komisch: Männer verstehn nie, was man ihnen erklärt – Männer verstehn überhaupt …

Aus. Schon aus? Das war alles? Ja, wahrhaftig: die Leute stehen schon auf. Daddy, jetzt sag mir aber mal eins – das hab ich nicht kapiert:

Warum heißt der Film: *‹Die Jungfrau von Orleans›* –?»

Lottchen beichtet 1 Geliebten

«Es ist ein fremder Hauch auf mir? Was soll das heißen – es ist ein fremder Hauch auf mir? Auf mir ist kein fremder Hauch. Gib mal 'n Kuß auf Lottchen. In den ganzen vier Wochen, wo du in der Schweiz gewesen bist, hat mir keiner einen Kuß gegeben. Hier war nichts. Nein – hier war wirklich nichts! Was hast du gleich gemerkt? Du hast gar nichts gleich gemerkt … ach, Daddy! Ich bin dir so treu wie du mir. Nein, das heißt … also, ich bin dir wirklich treu! Du verliebst dich ja schon in jeden Refrain, wenn ein Frauenname drin vorkommt … ich bin dir treu … Gott sei Dank! Hier war nichts.

… Nur ein paarmal im Theater. Nein, billige Plätze – na, das eine Mal in der Loge … Woher weißt du denn das? Was? Wie? Wer hat dir das erzählt? Na ja, das waren Plätze … durch Beziehungen … Natürlich war ich da mit einem Mann. Na, soll ich vielleicht mit einer Krankenschwester ins Theater ... lieber Daddy, das war ganz harmlos, vollkommen harmlos, mach doch hier nicht in Kamorra oder Mafia oder was sie da in Korsika machen. In Sizilien – meinetwegen, in Sizilien! Jedenfalls war das harmlos. Was haben sie dir denn erzählt? Was? Hier war nichts.

Das war ... das ist ... du kennst den Mann nicht. Na, das werd ich doch nicht machen – wenn ich schon mit einem andern Mann ins Theater gehe, dann geh ich doch nicht mit einem Mann, den du kennst. Bitte: ich hab dich noch nie kompromittiert. Männer sind doch so dußlig, die nehmen einem das übel, wenn man schon was macht, daß es dann ein Berufskollege ist. Und wenn es kein Berufskollege ist, dann heißt es gleich: Fräulein Julie! Man hats wirklich nicht leicht! Also du kennst den Mann nicht! Du kennst ihn nicht. Ja – er kennt dich. Na, sei doch froh, daß dich so viele Leute kennen – biste doch berühmt. Das war jedenfalls ganz harmlos. Total. Nachher waren wir noch essen. Aber sonst war nichts.

Nichts. Nichts war. Der Mann ... der Mann ist eben – ich hab ihn auch im Auto mitgenommen, weil er so nett neben einem im Auto sitzt, eine glänzende Begleitdogge – so, hat das die Reventlow auch gesagt? Na, ich nenne das auch so. Aber *nur* als Begleitdogge. Der Mann sah glänzend aus. Doch, das ist wahr. Einen wunderbaren Mund, so einen harten Mund – gib mal 'n Kuß auf Lottchen, er war dumm. Es war nichts.

Direkt dumm war er eigentlich nicht. Das ist ja … ich habe mich gar nicht in ihn verliebt; du weißt ganz genau, daß ich mich bloß verliebe, wenn du dabei bist – damit du auch eine Freude hast! Ein netter Mann … aber ich will ja die Kerls gar nicht mehr. Ich nicht. Ich will das überhaupt alles nicht mehr. Daddy, so nett hat er ja gar nicht ausgesehn. Außerdem küßte er gut. Na so – es war jedenfalls weiter nichts.

Sag mal, was glaubst du eigentlich von mir? Glaubst du vielleicht von mir, was ich von dir glaube? Du – das verbitt ich mir! Ich bin treu. Daddy, der Mann … das war doch nur so eine Art Laune. Na ja, erst läßt du einen hier allein, und dann schreibst du nicht richtig, und telefoniert hast du auch bloß einmal – und wenn eine Frau allein ist, dann ist sie viel alleiner als ihr

Männer. Ich brauche gewiß keinen Mann ... ich nicht. Den hab ich auch nicht gebraucht; das soll er sich bloß nicht einbilden! Ich dachte nur: I, dachte ich – wie ich ihn gesehn habe ... Ich habe schon das erstemal gewußt, wie ich ihn gesehn habe – aber es war ja nichts.

Nach dem Theater. Dann noch zwei Wochen lang. Nein. Ja. Nur Rosen und zweimal Konfekt und den kleinen Löwen aus Speckstein. Nein. Ich ihm meinen Hausschlüssel? Bist wohl ...! Ich hab ihm meinen Hausschlüssel doch nicht gegeben! Ich werde doch einem fremden Mann meinen Hausschlüssel nicht geben ...! Da bring ich ihn lieber runter. Daddy, ich hab ja für den Mann gar nichts empfunden – und er für mich auch nicht – das weißt du doch. Weil er eben solch einen harten Mund hatte ... und ganz schmale Lippen. Weil er früher Seemann war. Was? Auf dem Wannsee? Der Mann ist zur See gefahren – auf einem riesigen Schiff, ich habe den Namen vergessen, und er kann alle Kommandos, und er hat einen harten Mund. Ganz schmale Lippen. Mensch, der erzählt ja nicht. Küßt aber gut. Daddy, wenn ich mich nicht so runter gefühlt hätte, dann wäre das auch gar nicht passiert ... Es ist ja auch eigentlich nichts passiert – das zählt doch nicht. Was? In der Stadt. Nein, nicht bei ihm; wir haben zusammen in der Stadt gegessen. Er hat bezahlt – na, hast du das gesehn! Soll ich vielleicht meine Bekanntschaften finanzieren ... na, das ist doch ...! Es war überhaupt nichts.

Tätowiert! Der Mann ist doch nicht tätowiert! Der Mann hat eine ganz reine Haut, er hat ... Keine Details? Keine Details! Entweder ich soll erzählen, oder ich soll nicht erzählen. Von mir wirst du über den Mann kein Wort mehr hören. Daddy, hör doch – wenn er nicht Seemannsmaat gewesen wäre, oder wie das heißt ... Und ich wer dir überhaupt was sagen:

Erstens war überhaupt nichts, und zweitens kennst du den Mann nicht, und drittens weil er Seemann war, und ich hab ihm gar nichts geschenkt, und überhaupt, wie Paul Graetz immer sagt:

Kaum hat man mal, dann ist man gleich – Daddy! Daddy! Laß mal ... was ist das hier? Was? Wie? Was ist das für ein Bild? Was ist das für eine Person? Wie? Was? Wo hast du die kennengelernt? Wie? In Luzern? Was? Hast du mit der Frau Ausflüge gemacht? In der Schweiz machen sie immer Ausflüge. Erzähl mir doch nichts … Was? Da war nichts?

Das ist ganz was andres. Na ja, mir gefällt schon manchmal ein Mann. Aber ihr –?

Ihr werft euch eben weg!»

Lottchen wird saniert

«Also sind das jetzt alle Schulden, die du hast?»

«Das sind alle.»

«Lottchen, daß du mir aber nicht hinterher mit neuen kommst – du weißt: im vorigen Jahr, in Lugano, habe ich auch alles bezahlt, und wie ich fertig war …»

«Daddy, ich schwöre dir – diesmal habe ich wirklich alles gebeichtet! Meine Kassen sind überhaupt tadellos in Ordnung – also wirklich!»

«Gut. Also gib noch mal die Aufstellung her; ich will das mit deinen Kassenbüchern vergleichen … allmächtiger Gott, das sind deine Kassenbücher?»

«Na, was denn?»

«Diese traurigen Fetzen?»

«Selber trauriger Fetzen! Geh mal weg! Gib mal her – bring mir das nicht durcheinander –

ich hab mir das so schön geordnet ...! Soll ich vielleicht doppelte Buchführung machen mit Hauptbuch in Kaliko und sonem Quatsch ... gib mal her!»

«Was ist denn das?»

«Das ist der Zettel von den Schulden; aber die hier gelten nicht, die sind schon bezahlt, nein, die sind noch nicht bezahlt, aber die haben Zeit. Die können warten! Kätchen kann warten.»

«Hat dir dein Freund Käte wieder Geld gegeben? Ich habe dir doch gesagt, du sollst die Frau nicht anpumpen. Ihr Mann ist Arzt und verdient ... ja, ich weiß schon. Aber ich will das nicht. Wieviel?»

«Vierzig Mark.»

«Da steht doch aber 65 Mark?»

«Ja ... das heißt ... das sind noch fünfundzwanzig Mark, die habe ich ... die hat sie mir ...»

«Also fünfundsechzig. Und was ist das? Hundertundzehn Mark?»

«Das ist für die Kinder. Schuhe und Strümpfe.»

«Also, weiß Gott: es sind ja nicht *meine* Kinder. Hundertundzehn. Teure Kinder hast du. Fünfundsechzig und hundertundzehn ... so geht das überhaupt nicht. Gib mal her – jetzt werde ich mal eine neue Aufstellung machen! Also:

Kätchen 65
Kinder 110
Hankemann 92

Ja, die hast du gebeichtet – ich weiß schon.

Louis Brest ... ach so, die Bank, wieviel? Zweihundertundneun Mark? Sage mal, Lottchen, dir piekt es wohl?»

«Wieso? Das ist ein altes Debet-Konto, das habe ich ... Das verstehst du nicht – Herrgott, hör doch mal zu! Ich habe mir aus meiner Kleiderkasse im Mai, nein, im vorigen Oktober, fünfundvierzig Mark geborgt, bitte, ich geb sie mir zurück, ich kenn mich doch, mir kann man borgen; und die habe ich in die Kinderkasse getan, und weil in der Reisekasse noch neunundachtzig Mark wegen der Gasrechnung gefehlt haben, da habe ich eben die Miete vom nächsten Vierteljahr genommen – und auf diese Weise habe ich auf der Bank ein Debet-Konto! Das ist doch lohrisch!»

«Ja, das ist sehr logisch. Aber davon hast du nichts gesagt. Ich will dich ja gern sanieren, das tue ich ja alle Jahre, dieses Großreinemachen – zweihundertundneun Mark Debet … sage mal Lottchen, wer glaubst du eigentlich, wer ich bin?»

«Du bist ein alter Gnietschfritze! Hab dich doch nicht so wegen der zweihundert Mark! Überhaupt sind sie nicht eilig! Die haben Zeit!»

«Und kosten Zinsen! Also weiter:
Louis Brest 209
Werßhofen 54
Was ist das?»

«Das ist das, wo ich dir neulich gesagt habe!»

«Davon hast du nichts gesagt!»

«Davon habe ich nichts gesagt? Das ist ja großartig! Ich habe nur nicht vierundfünfzig gesagt, damit du nicht sonen Schreck kriegst … ich habe nur einen Teil zugegeben.»

«Wieviel?»

«Drei Mark fünfzig. Das hat man davon, wenn man Rücksicht nimmt! Die gehören überhaupt in die Wirtschaftskasse. Die Schulden, das sind gar nicht meine Schulden … das schuldet die Wirtschaftskasse!»

«Wem?»

«Der Kleiderkasse. Nu weiter!»

«Also wovon ich das alles bezahlen soll … ich weiß es nicht. Ich weiß es wirklich nicht.

Werßhofen 54

Postscheck 28

– was heißt Postscheck achtundzwanzig …?»

«Gib mal her. Ich weiß nicht … Ach so! Das habe ich an Papa mit Postscheck zahlen wollen.»

«Hast dus denn gezahlt?»

«Nein. Papa war damals grade auf Reisen.»

«Wo ist das Geld?»

«Wo ist das Geld! Wo ist das Geld! Komische Fragen stellst du! Das Geld ist natürlich weg!»

«Wo es ist, will ich wissen!»

«Mein Gott, ich hab es an Neschke geschickt, wegen der Schuld.»

«Wegen welcher Schuld?»

«Na, ich … also ich schulde ihm noch achtundvierzig Mark, vom vorigen Jahr! Herrgott, ich kann nicht immer mit demselben Hut rumlaufen, man kommt sich ja schon rein dämlich vor! Alle Frauen haben einen neuen Hut, bloß ich nicht! Mach nicht son Gesicht – Neschke kann warten; den brauchst du nicht bezahlen!»

«Zu bezahlen!»

«Verbesser einen doch nicht immer! Das ist ja schlimmer wie ein Lehrer!»

»Als.»

«Wie?»

«Als. Schlimmer als ein Lehrer. Nach dem Komparativ ...»

«Ist hier Grammatik, oder machen wir hier Kasse? Also weiter. Neschke wartet – er ist darin viel kulanter wie die Münchner.»

«Welche Münchner?»

«Ach ... ich habe da auf der Reise ... Daddy, du brauchst nicht gleich zu schreien, zu nach brauchen, ich war doch auf der Durchreise in München, und da habe ich so ein entzückendes Automäntelchen gesehn ...»

«Mäntelchen ist schon faul. Wieviel?»

« . . . . . . »

«Also wieviel?»

«Hundertundzwanzig. Aber ich trage es noch drei Jahre!»

«Diese Frau ist der Deckel zu meiner Urne.

Ich vermag es fürder nicht. Fürder ist ein seltenes Wort, aber du bist auch selten. Sind das nun alle Schulden?»

«Das sind alle. Dann bloß noch die Apotheke und fünfzig Mark beim Doktor. Aber der kann wirklich warten. Du brauchst ihn nicht zu bezahlen! Ich will es nicht! Ich will es wirklich nicht! Den bezahl ich allein! Er kann warten! Wirklich!»

«O Popoi. Nein, das ist nicht unanständig; das ist griechisch. Nun schreib mir das alles auf, und ich werde es in meine Brieftasche legen und es mir beschlafen. Großer Gott, du siehst es. Blick herunter! Schreib es so, daß man lesen kann! So, danke. Ich geh jetzt mal runter, Zigaretten kaufen – gib her! Lottchen, du bist eine teure Dame. Aber nun ist auch wirklich alles aufgeschrieben? Ja? Das ist alles? Das ist nun wirklich alles?»

«Das ist alles. Heiliges Ehrenwort. Das ist wirklich alles. Ich bin gar keine teure Dame – ich bin viel zu billig. Bei meinen Qualitäten! Auf Wiedersehn!»

«Auf Wiedersehn!»

(Das Lottchen): «Jetzt hab ich richtig vergessen, ihm die zweiundzwanzig Mark Bridgegeld anzusagen! Allmächtiger Braten! Ach was … ich buch sie in die Sportkasse –!»

B 79/1

Foto: Mark Gerson

Roald Dahl

Der Meister des schwarzen Humors – Autobiographische Erzählungen und weitere ungewöhnliche Geschichten

Boy
Schönes und Schreckliches aus meiner Kinderzeit. 3-499-23541-2

Im Alleingang
Meine Erlebnisse in der Fremde
3-499-23681-8

... steigen aus ... maschine brennt ... *10 Fliegergeschichten*
3-499-10868-2

Küßchen, Küßchen!
Elf ungewöhnliche Geschichten
3-499-10835-6

... und noch ein Küßchen!
3-499-10989-1

Die Prinzessin und der Wilderer
Vier Geschichten. 3-499-13996-0

Ich sehe was, was du nicht siehst
Acht unglaubliche Geschichten
3-499-15362-9

Konfetti
Ungemütliches und Ungezogenes
3-499-15847-7

Kuschelmuschel
Vier erotische Überraschungen
3-499-23255-3

Mein Freund Claud
Erzählungen. 3-499-12764-4

Onkel Oswald und der Sudan-Käfer
Eine haarsträubende Geschichte

3-499-15544-3

Weitere Informationen in der Rowohlt Revue oder unter www.rororo.de